Neubeginn im Rosenschlösschen

Über die Autorin

Brigitte Teufl-Heimhilcher, geb. 1955, ist verheiratet und arbeitet als Immobilien-Fachfrau in Wien. Darüber hinaus schreibt sie Romane, in denen sie sich auf unterhaltsame Weise mit gesellschaftspolitischen Fragen auseinandersetzt.

Brigitte Teufl-Heimhilcher

Neubeginn im Rosenschlösschen

Roman

www.teufl-heimhilcher.at

Die Originalausgabe erschien 2015
bei Brigitte Teufl-Heimhilcher
www.teufl-heimhilcher.at

1. Auflage 2015
© 2015 Brigitte Teufl-Heimhilcher
Buchsatz & Covergestaltung: mach-mir-ein-ebook.de
Herstellung & Verlag: BoD – Books on Demand, Norderstedt
ISBN-13: 978-3-7386-4617-7

Alle Rechte vorbehalten

Minestrone

1 Zwiebel, gewürfelt
1 Knoblauchzehe, gehackt
30 g Parmaschinken, fein gehackt – Vegetarier können das gerne weglassen
4 Stangensellerie, gewürfelt
1 Tomate, gehäutet und gewürfelt
1 Karotte, gewürfelt
2 Kartoffeln, gewürfelt
einige Basilikumblätter, gehackt
1 l Hühnersuppe (Gemüsesuppe)
1 kleine Dose Bohnen, bestens abgespült
10 dag trockene Pasta
geriebener Parmesan

Öl in einem Topf erhitzen, Zwiebel, Knoblauch und Schinken darin anbraten, Basilikum zugeben, durchrühren und mit der Suppe aufgießen. Gemüse dazugeben und etwa 10 Minuten köcheln lassen, dann die Pasta dazugeben und weiterköcheln (auf die angegebene Kochzeit achten!).
Salzen, pfeffern und mit Parmesan bestreut servieren.

Susanne las die Mail zum zweiten Mal. Was für ein hanebüchener Unsinn! Ein Mieter teilte ihr mit, dass er von der im Mietvertrag getroffenen Indexvereinbarung zurücktreten wolle. Sie leitete das Schreiben mit den Worten: „das möchten wohl viele ;-)" an ihre Assistentin weiter, als das Telefon läutete.

„Rieger."

„Hier Sekretariat Doktor Hoch. Könnten Sie bitte zu Herrn Doktor Hoch kommen?", zirpte eine ihr unbekannte Stimme.

„Jetzt gleich?", fragte Susanne. Es war ziemlich ungewöhnlich, dass der Geschäftsführer sie einfach rufen ließ. Bisher hatte er stets selbst angerufen.

„Haben Sie etwas Besseres vor?", zirpte die Stimme.

Dumme Ziege.

Susanne warf erst das Mobiltelefon auf den Tisch, dann einen Blick in den Spiegel. Sie zog den Lippenstift nach, fuhr mit der Bürste durchs Haar und machte sich auf den Weg in die Chefetage. Seit dem Total-Umbau der Geschäftsleitung thronte die im gläsern ausgebauten Dachgeschoss.

Die unbekannte Stimme gehörte offenbar zu einer großen Blondine und ersuchte sie, im Wartebereich Platz zu nehmen. Seufzend ließ Susanne sich in den tiefen Fauteuil sinken. Unerhört. Erst zitierte man sie von jetzt auf gleich hierher, und nun musste sie auch noch warten – sie war doch nicht Lieschen Müller!

Sie ließ ihren Blick durch den Raum gleiten. Alles wirkte sehr modern, sehr kühl. Dennoch würden sie es im Sommer hübsch warm hier haben, dachte sie grimmig, während sie ungeduldig mit ihren schön lackierten Fingernägeln auf die Armlehne trommelte. Es hatte sich so viel verändert, seit Peter, ihr ehemaliger Chef, dumm genug gewesen war, sein ansehnliches Aktienpaket an einen international tätigen Baulöwen zu verkaufen. Seither war kein Stein auf dem anderen geblieben. Die neue Geschäftsleitung hatte nicht lange gefackelt und innerhalb weniger Wochen nahezu alle strategisch wichtigen Positionen neu besetzt. Die Neuen waren alle jung und bestens ausgebildet, aber sie erschienen ihr aalglatt und die Sache mit den guten Manieren hielten sie wohl auch für überholt. Es wurde wirklich Zeit, dass sie sich nach einer neuen Herausforderung umsah. Aber erst musste sie noch …

„Frau Rieger, wenn Sie jetzt bitte mitkommen", sagte die Blondine und eilte auf sehr hohen Absätzen vor Susanne den Gang entlang.

„Danke, ich kenne den Weg", versuchte sie sich ihrer Begleitung zu entledigen. Doch das junge Ding reagierte nicht und öffnete die Tür zum Besprechungszimmer.

Dort warteten nicht nur Doktor Hoch, der neue Geschäftsführer, sondern auch zwei Herren aus dem Verwaltungsrat. Was war denn hier los?

Früher hätte man erst ein paar Höflichkeitsfloskeln ausgetauscht, doch Doktor Hoch kam gleich zur Sache.

„Wie Sie wissen, wollen wir uns von einem Teil des inländischen Portfolios trennen. Es ist uns nun gelungen, ein sehr attraktives Angebot für das bisher von Ihnen betreute Portfolio zu erhalten."

Bisher also, aha. Sie hatte damit gerechnet, dass man sich eines Tages auch ihrer Person entledigen würde. Dass es so schnell ging, hätte sie allerdings nicht gedacht.

Demonstrativ verschränkte sie die Arme, lehnte sich zurück und wartete. Einer der Verwaltungsräte ergriff das Wort: „Der Kaufvertrag wurde heute Vormittag unterschrieben. Der neue Eigentümer wird die Verwaltung zum nächsten Monatsersten übernehmen. Veranlassen Sie bitte, dass sämtliche Unterlagen bis dahin übergeben werden. Sobald die Übergabe erledigt ist, sind Sie freigestellt."

Ihr Ton war kühl und beherrscht, als sie antwortete: „Sie scheinen übersehen zu haben, dass ich nicht nur ein Portfolio betreue, sondern auch Head of Asset-Management bin."

Jetzt meldete sich wieder Doktor Hoch zu Wort: „Die Abteilungen unterstehen in Zukunft direkt der Geschäftsleitung. Ihre Position wird eingespart."

„Und was passiert mit meiner Assistentin, Frau Wagner?"

„Frau Wagner?" Darüber schien er sich noch keine Gedanken gemacht zu haben, denn er zögerte kurz, ehe er antwortete: „Ich denke, wir haben keine weitere Verwendung für sie. Wollen Sie es ihr sagen, oder soll unsere Personal-Abteilung ..."

Susanne war bereits aufgestanden.

„Danke, das erledige ich selbst."

Sie hätte jetzt gerne die Tür hinter sich zugeworfen, aber der blöde Türschließer ließ sie sanft ins Schloss gleiten.

*

Susanne hatte es sich in all den Jahren angewöhnt, Unangenehmes immer sofort zu erledigen – das war Teil ihres Erfolges gewesen. Davon würde sie auch jetzt nicht abgehen. Sie drückte den Knopf der Gegensprechanlage: „Frau Wagner, den Kognak und zwei Gläser bitte."

Ihre Assistentin erschien wenig später mit einem Silbertablett, auf dem eine Kristallkaraffe und zwei Kognakschwenker vor sich hin klapperten. Sie erschien Susanne ziemlich blass, als sie fragte: „Ist etwas passiert?" Susanne nahm ihr das Tablett aus den zitternden Händen und schenkte ein. Dann drückte sie Helga Wagner ein Glas in die Hand: „Auf die Zukunft, meine Liebe! Wir beide sind gefeuert."
Um ein Haar hätte ihre Assistentin den Kognakschwenker fallen lassen.
„Aber, das … das geht doch nicht", stotterte sie.
„Und wie das geht. Man hat unser gesamtes Portfolio verkauft und Abteilungsleitung braucht man auch keine mehr. Prost!"
Susanne leerte das Glas in einem Zug, dann stellte sie es auf das Tablett zurück und spürte, wie sich langsam ein wohliges Gefühl in ihr ausbreitete. Alkohol war zwar keine Lösung, aber manchmal tat er eben verdammt gut.
Helga Wagner nippte mehrfach an ihrem Glas, ehe sie sagte: „Das ist ja eine Katastrophe!"
Susanne wusste, dass ihre Assistentin seit wenigen Monaten von ihrem Mann getrennt lebte. Als Alleinerzieherin mit Kind würde es nicht einfach für sie werden, einen adäquaten Posten zu finden. Dennoch sagte sie mit mehr Optimismus, als sie empfand: „Seien Sie unbesorgt, Sie sind ja noch jung, und ich werde Ihnen ein super Zeugnis schreiben. Die gute Nachricht ist, dass wir, sobald alle Unterlagen übergeben sind, freigestellt werden. Heute ist der Fünfzehnte. Die Kündigung wird zum Monatsletzten wirksam, dann drei Monate Kündigungszeit, die müssen jedenfalls bezahlt werden. Wie lange sind Sie schon bei uns?"
Sie sagte immer noch uns. Es würde wohl eine Zeit dauern, bis sie IMMO mit WERT nicht mehr als ihre Firma betrachten würde.
„Fünf Jahre", antwortete Helga Wagner seufzend.
„Das ist gut, dann kommt noch eine Abfertigung in Höhe von drei Monatsgehältern dazu."
Ihre Assistentin war immer noch ziemlich blass um die Nase. Susanne sah auf die Uhr. Wie hell es draußen noch war, dabei war es schon sechzehn Uhr vorbei, langsam wurde es Frühling.

„Kommen Sie, trinken Sie noch einen Schluck, dann lassen wir's für heute gut sein. Morgen beginnen wir mit der Zusammenstellung der Unterlagen – und dann nichts wie weg hier."

Sie sehnte sich plötzlich nach ihrem Nest, wie sie ihre noble Dachgeschoss-Wohnung nannte. Sie würde sich eine ordentliche Minestrone kochen – ihre Trostsuppe. Nichts war nach einem Tag wie diesem tröstlicher als eine warme Suppe. Sie hatte verschiedene Varianten auf Lager, je nachdem, wie sie sich fühlte. Heute würde sie sich die deftig-feurige gönnen, mit ein wenig Schinkenspeck, viel Pasta und einem Hauch von Chili.

*

Innerhalb von drei Wochen hatten sie alle Abrechnungen fertiggestellt, alle Übergabeprotokolle geschrieben und alle Unterlagen übergeben. Susanne hatte mehr als fünfzehn Jahre bei IMMO mit WERT gearbeitet, viel und gern gearbeitet, sehr gern sogar. Doch seit dem Tag ihrer Kündigung konnte sie es kaum erwarten, diese Ära abzuschließen. Frau Wagner schien es ebenso zu gehen.

„Hervorragende Arbeit", lobte Susanne. „Ich werde die Geschäftsleitung davon informieren, dass man Sie ab morgen freistellt."

„Das klingt, als würden Sie noch bleiben", sagte ihre Assistentin und sah sie fragend an.

„Ein paar Tage werde ich wohl noch dranhängen müssen, um alle schwierigen Akten mit meinen bisherigen Mitarbeitern durchzugehen."

„Müssen?"

„Ich mag keine Halbheiten. Was erledigt werden kann, wird noch erledigt."

„Dann werde ich Ihnen helfen", hatte Frau Wagner geantwortet und war ihr auch in diesen Tagen noch zur Hand gegangen.

Freitagmittag waren sie auch damit fertig. Für zwölf Uhr hatte Susanne zu einem abschließenden Umtrunk in den Besprechungsraum gebeten. Sie hatte nicht erwartet, dass der Raum zum Bersten voll sein würde, schließlich hatte man in den letzten Wochen die halbe Belegschaft ausgewechselt, aber dass sie mit Frau Wagner nun allein dastand, überraschte sie dann doch. Sie füllte zwei Gläser mit Prosecco, drückte Helga Wagner eines in die Hand und sagte: „Auf uns!"

Fünf nach zwölf kamen zwei Damen aus der Buchhaltung, zehn nach zwölf entschuldigte sich Doktor Hoch telefonisch, er sei leider außer Haus. Dann kam einer der Wirtschaftsprüfer vorbei, der zufällig im Haus war. Eine Viertelstunde später folgten zwei Asset-Manager, im Eilschritt, sie wollten sich nur verabschieden, müssten aber gleich weiter.

Tja, so war das eben. Um ein Uhr sagte sie zu Frau Wagner: „Sind Sie auch in Eile oder darf ich Sie noch zu einem Abschiedsessen einladen?"

„Das trifft sich gut. Ich sage nur kurz Bescheid, dass ich später komme. Mein Sohn ist heute zum Glück bei meiner Mutter."

Sie gingen zum Italiener ums Eck. Susanne war in all den Jahren oft hier gewesen, aber noch nie mit ihrer Assistentin. Schade eigentlich, dachte sie, nach dem sie ihre Lasagne verzehrt hatten und auf die Zabaione warteten. Helga Wagner war nicht nur eine loyale Mitarbeiterin gewesen, sie schien auch privat eine ganz patente Person zu sein.

„Wie steht's mit Ihrer Scheidung?", fragte Susanne.

„Erinnern Sie mich bloß nicht. Wir können uns über die Unterhaltszahlungen nicht einigen. Wissen Sie, als Benny, unser Sohn, zur Welt gekommen ist, hat mein Mann darauf gedrungen, dass ich die ersten Jahre zu Hause bleibe. Dem armen Kind sollte der Kindergarten erspart bleiben. Habe ich dann ja auch gemacht. Als Benny dann zur Schule ging, habe ich mir den Teilzeitjob gesucht. Sie erinnern sich vielleicht, dass ich anfangs nur zwanzig Stunden gearbeitet habe; mit der Zeit wurden es dann dreißig. Jetzt wirft mein Mann mir vor, dass ich gehaltsmäßig unter meinen Möglichkeiten bliebe und er nicht bereit sei, die Differenz zu zahlen. Als ich ihm verklickert habe, dass ich bald arbeitslos sein werde, ist er überhaupt ausgerastet. Das mache ich alles nur, um ihm ein schlechtes Gewissen zu machen."

Sie schnäuzte sich, dann fuhr sie fort: „Ich bin vollkommen fertig und kenne meinen Mann nicht mehr. Ich meine, wir waren immerhin zwölf Jahre verheiratet, aber so habe ich ihn noch nie erlebt."

Susanne nickte: „Das kann ich gut verstehen, aber Sie werden sehen, das legt sich auch wieder. War bei uns damals ganz genauso."

„Sie haben früher auch Teilzeit gearbeitet?"

Susanne lächelte. „Ich nicht, aber mein Mann. Er hat nebenher studiert – allerdings nicht besonders effizient. Ich fürchte, das habe ich ihm später auch vorgeworfen. Vermutlich nicht nur einmal. So eine Trennung ist einfach eine Ausnahmesituation. Ich würde heute so manches gerne zurücknehmen, was ich damals gesagt habe."

Darauf sagte Helga Wagner erst einmal nichts, aber Susanne hoffte, dass es ihr guttat.

„Wenn ich mir in meinem neuen Job eine Assistentin aussuchen darf, werde ich auf Sie zurückkommen", sagte sie zum Abschied. „Vorausgesetzt, dass Sie dann noch frei sind. Versprochen!"

„Haben Sie denn schon etwas im Auge?"

Susanne schüttelte den Kopf: „Nein, aber jetzt mache ich erst einmal Urlaub."

Pizza al tonno

300 g Mehl glatt
15 g Germ
eine Prise Salz
4 EL Olivenöl
1 Dotter
4 EL Tomatenmark
2 Kugeln Mozarella, in dünnen Scheiben
8–12 Scheiben roher Thunfisch, Sushi-Qualität
frischen Rucola, geputzt
Sojasauce
Zitronensaft

Das Mehl mit Germ, Salz, Öl, Dotter und etwas warmen Wasser zu einem glatten Teig verkneten und zugedeckt – an einem warmen Ort – eine halbe Stunde rasten lassen.

In der Zwischenzeit aus Sojasauce, Zitronensaft und etwas Olivenöl eine Marinade bereiten und das Tomatenmark mit Olivenöl (eventuell einem Löffel Wasser) glattrühren.

Den Teig auf einer bemehlten Unterlage in Backblechgröße ausrollen, mit dem Tomatenmark bestreichen, mit Mozarella belegen und im vorgeheizten Backrohr etwa 10-15 Minuten backen (Pizzastufe).

Den Thunfisch kurz in die Marinade legen, abtropfen lassen auf die Pizza legen und mit dem geputzten Rucola bestreuen.

Die Tage bis zu Susannes Abreise vergingen wie im Fluge, und als sie schon Richtung Abano Terme unterwegs war, fiel ihr ein, dass sie den Geburtstag von Tante Anna vergessen hatte.

Sch… wanenbraten! Bisher hatte Frau Wagner sie an solche Dinge erinnert, oft auch die notwendigen Geschenke und Mitbringsel besorgt, aber das war ja nun Geschichte.

Aber dafür hatte sie ja jetzt Zeit; sie würde Tante Anna einfach auf dem Rückweg besuchen. Die Fahrt zog sich endlos dahin, der Himmel war grau, ab und zu gab es einen Schneeschauer und im Kanaltal herrschte tiefster Winter. Auf der Höhe von Udine wurde es endlich heller und das Thermometer kletterte erfreulich nach oben.

Als sie endlich in Abano ankam, hatte es fünfzehn Grad und die letzten Sonnenstrahlen des Tages drangen durch die Hotellobby.

Genau so hatte sie sich das vorgestellt.

Das Hotel Savoy war zwar nicht das erste Haus am Platz, aber es bot einen herrlichen Blick auf die Eugenischen Hügel und – fast noch wichtiger – man konnte es ohne Halbpension buchen. So sehr sie die italienische Küche liebte, so sehr ging es ihr gegen den Strich, sich, nach einem mittelmäßigen Frühstück, tagsüber zu kasteien, um abends für das Fünf-Gänge-Menü gerüstet zu sein, für dessen Verdauung sie dann ein bis zwei Gläser Grappa brauchte. Sie war zwar leidlich schlank, aber das sollte schließlich auch so bleiben.

Gut gelaunt buchte sie Fango, Massagen und Schönheits-Behandlungen und ließ sich einen Campari servieren. Warum schmeckte der in Italien immer besser als zu Hause? Sie freute sich auf die vor ihr liegenden Tage, nur auf die einsamen Abendessen hatte sie weniger Lust. Zu dumm, dass ihre Freundin Doris keine Zeit gehabt hatte, um mitzukommen. Dann schnappte sie sich den Reader und machte sich auf den Weg in ihre Lieblings-Pizzeria.

*

Die Vormittage verbrachte Susanne mit Fango, Frühstück und Massage. Um die Mittagszeit startete sie ihren Wagen und machte sich auf den Weg ins Collio, aß hervorragende Pasta, machte lange Spaziergänge und kehrte erst wieder ins Hotel zurück, als die übrigen Hotelgäste langsam begannen, sich für das Abendessen umzukleiden. Dann erst ging sie ins Hallenbad, genoss in aller Ruhe das warme Wasser und machte sich anschließend auf den Weg in eines der wenigen Restaurants, die Abano zu bieten hatte. Da die meisten Gäste in den Hotels speisten, war das Angebot nicht allzu groß, aber sie kannte ein hervorragendes Fischlokal, eine verlässliche Pizzeria und eine sehr gemütliche Trattoria, in der vor allem die Einheimischen zu Gast waren.

Bevor sie am Donnerstag zu ihrer Fahrt in die Hügel aufbrach, bestellte sie sich noch einen Capuccino. Der Tag war wohlig warm und sie beschloss, ihn auf einem der kleinen Tischchen im Park zu trinken.

Als sie vor das Hotel trat, fiel ihr ein Mann auf, der mit dem Rücken zu ihr saß, und Architekt Hausmann verdammt ähnlich sah. Der Kellner hatte eben einen Caffè Latte vor ihn hingestellt, der Mann bedankte sich.

Die Stimme kannte sie doch, das war Hausmann!

Soeben kam ein anderer Kellner mit ihrem Cappuccino.

„Stellen Sie ihn bitte zu dem Herrn da vorn. Grazie."

Als der junge Mann den Kaffee vor Hausmann hinstellte, winkte der freundlich ab, doch sie sagte: „Das hat schon seine Richtigkeit."

Jetzt drehte er sich um: „Frau Rieger. Das ist aber eine Überraschung."

„Hoffentlich eine angenehme", antwortete sie lachend und steckte dem Kellner ein Trinkgeld zu.

„Eine sehr angenehme sogar. Bitte, nehmen Sie Platz. Sind Sie schon länger hier?"

Eine knappe Stunde später machten sie sich gemeinsam auf den Weg. Sie wusste in der Zwischenzeit, dass er erst am Abend zuvor angekommen war, dass er mit der Bahn reiste, da er lange Autofahrten nicht mochte, und dass er – wie sie selbst – nur mit Frühstück gebucht hatte. Das ließ doch hoffen.

Sie hatte das Alleinsein in der Zwischenzeit gründlich satt, und da er ebenfalls allein hier war, sprach nichts dagegen, die restlichen Tage in seiner Gesellschaft zu verbringen – vorausgesetzt, er stellte sich nicht als Langweiler heraus.

*

Zwölf Stunden später wusste sie, dass Werner Hausmann kein Langeweiler war. Außerdem schien gemeinsamer Ärger zu verbinden. Schon beim Mittagessen, als sie sich über die Ereignisse bei IMMO mit WERT unterhalten hatten, waren sie zum vertrauten Du übergegangen. Werner schwankte, genau wie sie selbst, immer noch zwischen Unverständnis und Ärger über das Verhalten ihres Ex-Chefs.

„Ich verstehe es nicht", hatte er gesagt. „Peter hat das Unternehmen aufgebaut, es war sein Leben. Warum verkauft er plötzlich sein ganzes Aktienpaket und verschwindet?"

„Er wollte sich in der Toskana ein Weingut kaufen", warf sie ein.

„Das mag ja durchaus verlockend klingen, aber ein Mann wie Peter, der sich bisher ausschließlich um Immobilien gekümmert hat, lässt doch nicht Knall auf Fall alles zurück. Also für mich sah das aus wie Flucht."

„Du meinst, es gibt einen triftigen Grund, warum er Wien den Rücken gekehrt hat?"

Er zuckte ratlos die Schultern: „Ich hoffe, ich habe Unrecht. Aber es spricht einfach alles gegen ihn."

Daran hatte sie auch schon gedacht, aber bisher hatten sich, gottlob, keinerlei Ansatzpunkte für diese Vermutung gefunden.

Unverständlich blieb es trotzdem. Sie hatte fünfzehn Jahre mit ihm gearbeitet und alles, was er ihr hinterlassen hatte, war ein Blumenstrauß und eine Karte mit den Worten: Danke für alles – Peter.

Nach dem Essen hatten sie den historischen Garten von Valsanzibio besucht, sich über die mangelnde Instandhaltung der Brunnen und Gebäude entrüstet, und auf dem Heimweg lachend Sanierungsvorschläge erarbeitet.

Auch die Frage, wo sie zu Abend essen würden, wurde zu ihrer vollsten Zufriedenheit geklärt, denn Werner, der zum ersten Mal hier war, vertraute sich ihrer Führung an.

Mittags hatten sie sich an Pasta gehalten, abends aßen sie Fisch, ganz puristisch, mit Knoblauch und Kräutern gegrillt, dazu Salat und gebratene Kartoffel. Es hatte ebenso köstlich geschmeckt wie der leichte Weißwein aus dem Collio.

In der Bar nahmen sie dann noch einen Grappa.

„Was für einen schlechten Einfluss Sie auf mich haben", lachte er. „Ich trinke sonst nie Schnaps."
„Fünf Euro für die Urlaubskasse, du hast schon wieder ‚Sie' gesagt." Spielerisch hielt sie ihm ihre Hand entgegen.
„Verzeih mir!"
Aber ja doch, so samten wie seine Stimme klang, musste man ihm einfach verzeihen.

*

Am nächsten Morgen regnete es. Beim Frühstück hatte sie Werner nicht getroffen, aber das war kein Problem, weil sie ohnehin für zwölf Uhr verabredet waren. Diesmal blieben sie in der Stadt, aßen mittags nur einen Salat, gönnten sich eine ausgiebige Pause und gingen später shoppen.

Die schwarzen Ballerinas mit der schwarz-weiß getupften Masche hatten ja noch Gnade vor seinen Augen gefunden, aber als sie sich einen grün gemusterten Seidenschal kaufen wollte, überraschte er sie mit der Frage: „Für wen soll der sein?"

„Für mich."

Er durchwühlte den Ständer, fand einen Schal in warmen Terrakotta- und Gelbtönen und sagte: „Versuch doch den einmal."

Sie hängte ihn um: „Er ist wirklich sehr schön, aber der hier passt genau zu einer grünen Bluse."

„Eine Bluse in diesem Grün? Dann würde ich dir empfehlen, lieber eine Pullover dazu zu kaufen."

„Einen Pullover?"

Er nickte. „Der wärmt und man sieht nicht so viel von diesem schockierenden Grün."

Ihr stockte der Atem. Eine Frechheit! Doch dann sah sie in seine lächelnden Augen und sagte: „Ich nehme beides."

Gut gelaunt zogen sie weiter. Beim nächsten Buchladen erstand er einen Bildband über Valsanzibio, den er ihr schenkte.

„Herzlichen Dank! Ich würde mich gerne mit diesem Kochbuch revanchieren. Kannst du etwas damit anfangen?"

Lächelnd nahm er es ihr aus der Hand: „Wenn es schöne Fotos hat, könnte ich sie mir gelegentlich ansehen."

„Aber du kannst nicht kochen."

„Mehr als Butterbrot und Tee habe ich bisher noch nicht zustande gebracht", antwortete er und stellte das Buch ins Regal zurück. Macht nichts. Hauptsache, er isst gerne, dachte sie, während sie eine Pizzeria ansteuerte.

„Pizza?", fragte er erstaunt, als sie vor dem Lokal standen.

„Pizza. Aber die beste der Welt. Lass dich überraschen."

Er schien skeptisch, doch schon beim Studium der Speisekarte gab er zu: „Das klingt alles sehr verlockend. Was empfiehlst du?"

„Eigentlich alles. Ich mag besonders die al tonno, mit viel Büffel-Mozzarella, frischem Rucola und roh mariniertem Thunfisch. Aber die mit der geräucherten Entenbrust ist auch nicht zu verachten."

Als sie nach dem Essen noch ein Glas Wein tranken, fragte Werner: „Wie bist du eigentlich in die Immobilienbranche geraten?"

„Ich sag's nur ungern, aber das habe ich der Familie meines Mannes zu verdanken. Ich wollte ja eigentlich Publizistik studieren. Aber als ich nach meinem Auslandsjahr mit Kind und einem studierenden Mann dastand, musste ich Geld verdienen. Da seine Eltern einen nicht unbeachtlichen Immobilienbesitz ihr Eigen nannten, hat Pierre mich auf die Idee gebracht, als Immobilienmaklerin zu arbeiten."

„Und das ging so einfach?"

„Einfach war's nicht, aber es ging. Jedenfalls habe ich bald genug verdient, um unsere kleine Familie zu erhalten und das Studium meines Mannes zu finanzieren."

„Sind seine Eltern denn nicht für sein Studium aufgekommen?"

„Die Hochzeit mit mir hat ihn vorübergehend um sein Erbe gebracht. Aber in der Zwischenzeit ist er ja wieder in den Schoß der Familie zurückgekehrt. Trinken wir noch ein Glas?"

*

Die Tage vergingen wie im Fluge und als sie sich am Montag, nach einem gemeinsamen Frühstück, von ihm verabschiedete, hatte sie das Gefühl, einen guten Freund zurückzulassen. Einen sehr guten Freund.
„Rufst du mich an, wenn du nach Hause kommst?", fragte er.
„Gerne, aber dann musst du bis morgen warten. Heute fahre ich nur bis in die Steiermark, um meine Tante Anna zu besuchen."
„Da wird sich deine Tante Anna sicher freuen."
„Das weiß man bei ihr nie so genau", lachte Susanne, küsste ihn freundschaftlich auf die Wange und fuhr davon.

Als sie am Ende der Straße einen Blick in den Rückspiegel warf, stand er immer noch vor dem Hotel und winkte.

Vielleicht hätte sie doch noch ein paar Tage anhängen sollen? Anderseits wurde es langsam Zeit, sich um einen neuen Job zu kümmern.

Obwohl sie sich keine ernsthaften Sorgen über ihre Zukunft machte, hatte das Gefühl, nicht zu wissen, wie es weiterging, doch etwas Unangenehmes. Werners Einschätzung des Arbeitsmarktes war auch nicht besonders optimistisch gewesen, wenn er das auch sehr vorsichtig formuliert hatte, wie er immer alles sehr vorsichtig formulierte.

Sein Architekturbüro hatte durch den Wechsel in der Geschäftsführung von IMMO und WERT ebenfalls viele Aufträge verloren, sodass er gezwungen gewesen war, sich von zwei Mitarbeitern zu trennen. In der Zwischenzeit war es ihm zwar gelungen, neue Aufträge an Land zu ziehen, aber die Gewinnmargen waren deutlich schlechter.

Vielleicht würde auch sie sich mit einer etwas geringeren Gage zufriedengeben müssen. Aber was soll's? Sie hatte in den letzten Jahren überdurchschnittlich gut verdient und sich zwei kleine Anlegerwohnungen gekauft, als Pensionsvorsorge, und dann waren da ja immer noch die Mieteinnahmen aus dem Rosenschlösschen.

Gulasch mit Nockerl

1 kg Wadschinken
120 g Schweineschmalz
800 g Zwiebel
50 g Paprikapulver, edelsüß
2 Knoblauchzehen
1 Spritzer Essig
1 EL Tomatenmark
20 g Mehl glatt
Kümmel, Majoran, Salz, Pfeffer
Evtl. etwas Chilipaste

Zwiebel würfeln und das Fleisch in große Würfel schneiden (2-3 cm). Zwiebel in heißem Schweineschmalz rösten, Tomatenmark und Paprikapulver zugeben, einmal durchrühren und mit Essig und etwas Wasser ablöschen. Fleisch zugeben, salzen und pfeffern, Kümmel und Majoran zugeben und im eigenen Saft so lange dünsten, bis dieser verdunstet ist, dann mit Wasser soweit aufgießen, dass das Fleisch gerade bedeckt ist, und so lange auf kleiner Flamme köcheln, bis das Fleisch weich ist.

Mehl mit etwas Saft und einem Spritzer Essig verrühren, unterrühren und noch etwa 15 Minuten köcheln lassen, bis sich der Mehlgeschmack verliert. Knoblauch pressen und darunter geben, abschmecken und mit Nockerln, Knödeln oder frischen Semmeln servieren.

Wer es schärfer mag, würzt mit etwas Chilipaste.

Nockerl:
300 g Mehl glatt
60 g zerlassene Butter
2 Eier
⅛ l Milch
Salz

Mehl, Butter, Eier und Salz in eine Schüssel geben und mit der Milch verrühren, so dass ein nicht zu fester Teig entsteht, den man am besten sofort (am besten mit einem Spätzlehobel oder Nockerlsieb) in kochendes Salzwasser einkocht.
Einige Minuten wallend kochen, abseihen, in etwas Butter schwenken und zum Gulasch servieren.

Tante Anna bewohnte ein kleines Haus am Rande von Kaiserstein. Eigentlich war das Haus gar nicht so klein, es wirkte nur etwas verloren auf dem großen Grundstück, vor allem jetzt, wo der Garten noch ziemlich kahl aussah. Zwar blühten an der rechten Grundstücksgrenze schon die Forsythien in strahlendem Gelb und dort und da zeigte sich etwas Grünes, aber alles in allem kam die beste Zeit des Gartens erst.

Die beste Zeit des Gartens war immer auch Tante Annas beste Zeit. Sie war die jüngste Schwester von Susannes verstorbenem Vater, und ging mit strammen Schritten auf die achtzig zu.

Früher war sie Handarbeitslehrerin gewesen, nach ihrer Pensionierung hatte sie dann in der Gärtnerei von Susannes Eltern mitgearbeitet und lange nicht verstanden, warum Susanne den Betrieb nicht übernommen hatte. Vermutlich verstand sie es immer noch nicht.

Anfangs hatte Tante Anna auch den derzeitigen Pächter noch bei der Rosenzucht unterstützt, aber dann hatte sie sich mit ihm zerstritten. Seither widmete sie sich ihrem eigenen Garten mit einer Inbrunst, die Susanne nur schwer nachvollziehen konnte.

„Anna hat eben ihren eigenen Kopf", hatte ihr Vater immer gesagt und hinzugefügt: „Du kommst eh ganz nach ihr."

Irgendwie mochte das stimmen. Sie hatte mit Tante Anna schon öfter die Klingen gekreuzt, aber an ihrer gegenseitigen Zuneigung hatte das nie etwas geändert.

Sie parkte ihren Mercedes vis-à-vis des Grundstückes und stieg aus. Puh, war es hier kalt. Nichts wie hinein in die warme Stube. Sie läutete. Doch statt Tante Anna erschien ein Wesen mit lila Haaren, schwarzen Lippen, einem pinkfarbenen Shirt und ausgebleichten Jeans in der Haustür und drückte den Knopf des Türöffners. Das Wesen mochte Mitte zwanzig sein.

Wo war Tante Anna? Als Kind war Susanne immer stolz gewesen, wenn sie das Haus mit genau siebzig Schritten erreicht hatte, warum, konnte sie nicht mehr sagen, heute hatte sie andere Sorgen. Schon von Weitem fragte sie: „Ist Frau Burggruber nicht zu Hause?"

„Ihnen auch einen schönen Tag", erwiderte das lila Haar. „Ihre Tante liegt im Bett."

„Ist sie denn krank?"

„Nö, sie liegt nur zum Spaß so rum."

Susanne ignorierte die Person ebenso wie ihre dummen Sprüche und stürmte ins Schlafzimmer.

„Tante Anna, wie geht es dir?"

„Komm mir nur ja nicht in die Nähe. Haaa-tschi. Hat Nina dir denn nicht gesagt, dass ich haaa-tschi …"

„Ach du Arme. Hast du Fieber?"

„Denkst du, wegen eines lächerlichen Schnupfens lege ich mich ins Bett?"

Das dachte Susanne allerdings nicht, sie konnte sich eigentlich nicht erinnern, dass Tante Anna jemals krank gewesen war.

„Dann fahr ich rasch den Kleinen abholen", ließ das lila Haar sich vernehmen.

„Wer ist das denn?", fragte Susanne, sobald sie allein waren.

Tante Anna schnäuzte: „Nina, meine neue Untermieterin. Sie wohnt im Dachgeschoss."

„Seit wann hast du denn eine Untermieterin?"

„Seit Anfang Jänner."

„Davon hast du Weihnachten gar nichts erzählt."

„Hast mich halt nicht danach gefragt."

Diese Antwort fand Susanne ziemlich unlogisch, die beiden winzigen Räume im Dachgeschoss waren schließlich noch nie vermietet gewesen, aber angesichts des Zustandes ihrer Tante ließ sie es dabei. Stattdessen fragte sie: „Kann ich irgendetwas für dich tun? Soll ich dir vielleicht Tee kochen?"

„Ach, lasst mich doch zufrieden mit eurem Tee. Nina bringt mir jede Stunde eine neue Tasse und behauptet, dass würde die Viren ausschwemmen. So ein Blödsinn. Lasst mich eine Stunde schlafen, bevor ich dann zum Abendessen aufstehe."

„Also meinetwegen musst du nicht …", protestierte Susanne.

„Aber meinetwegen", schnitt Tante Anna ihr das Wort ab und scheuchte sie mit eindeutiger Geste aus dem Zimmer.

Während Susanne zum Wagen ging, um ihren Trolley zu holen, hielt ein klappriger alter Opel vor dem Haus, dem zuerst ein etwa achtjähriger Bub und gleich danach das lila Haar entstieg. Der Bub rannte los. „Lass Oma Anna in Ruhe. Verstanden?", rief das lila Haar ihm nach.

Beim Abendessen erfuhr Susanne, dass der Bub Felix hieß und Ninas Sohn war. Erstaunlicherweise benahm er sich ganz manierlich. Es gab übrigens Gulasch mit Nockerln. Ganz hervorragendes Gulasch sogar – außer vielleicht, dass ein Hauch Chili fehlte. Aber das war natürlich Geschmackssache.

„In deinem Zustand hättest du wirklich nicht kochen sollen", sagte Susanne mit liebevollem Vorwurf zu ihrer Tante.

„Hab' ich eh nicht", erwiderte die. „Hat Nina gemacht, aber nach meinem Rezept."

Damit hatte Susanne nun wirklich nicht gerechnet. Das musste sie erst einmal mit einem Schluck Bier hinunterspülen. Dann nickte sie Nina zu: „Erstaunlich. Wirklich, ganz hervorragend."

„Was finden sie denn so erstaunlich?", fragte Nina. „Dass ich lesen kann oder dass ich kochen kann?"

„Ziemlich genau in der Reihenfolge", antwortete Susanne.

Nina warf ihr erst einen finsteren Blick zu, doch dann sagte sie: „Sie sind wenigstens ehrlich!"

*

Am nächsten Morgen hatte Tante Anna kein Fieber mehr, deswegen ließ sie es sich auch nicht nehmen, mit Susanne zu frühstücken.

Nina und Felix waren bereits unterwegs, Felix in der Schule und Nina in ihrer Werkstatt.

„Sie betreibt eine Werkstatt? Wofür?"

„Ach, sie macht da solchen Kram, aus Abfällen. Sie nennt es ihre Recycling-Boutique."

„Sie hat ein Geschäft?"

Anna machte eine wegwerfende Handbewegung: „Mehr so ein Kellerlokal, aber mit straßenseitigem Zugang."

Susanne angelte sich noch eine Schnitte vom Bauernbrot, das sicher schon einige Tag alt war, aber immer noch ganz hervorragend schmeckte. Sie bestrich es mit Butter, bevor sie einige Scheiben von diesem würzigen Käse darauf legte. Ehe sie genussvoll hineinbiss, sagte sie: „Jetzt erzähl mal, was gibt es Neues in Kaiserstein?"

Ihre Tante zuckte nur die Schultern: „Net gar viel. Das G'schäft vom Staller soll gar net gut gehen. Neulich hat ein knallgelbes Auto von einem Inkassobüro davor geparkt."

Der Staller war der Pächter des Rosenschlösschens, in dem ihre Eltern und ihre Großeltern eine Gärtnerei betrieben hatten.

Der Pächter hatte bald auf Rosenzucht umgestellt und seit einigen Jahren veranstaltete er auch Rosen-Kochkurse und betrieb eine Taverne.

Susanne schenkte sich Kaffee nach, ehe sie fragte: „Und wie geht die Taverne, die hat er doch neu eingerichtet?"

„Was soll denn da gehen? Der sperrt doch nur auf, wenn er gerade Lust hat. Und dann kocht er lauter so Blödsinn wie: Nudeln mit Rosenpesto. Wie des schon unappetitlich ausschaut!"

Da war was dran. Susanne hatte einmal ein Glas Rosenpesto in seinem Blumenladen erstanden. Das heißt, eigentlich befand sich das Pesto in einem Keramiktopf. In einem Glas hätte sie das bräunliche Gemisch niemals gekauft. Es hatte übrigens auch genauso gerochen wie es ausgesehen hatte – sie hatte es dem Restmüll übergeben.

„Und wie bist du zu dieser Nina gekommen?"

„Diese Nina, wie du sie nennst, ist die Enkelin vom Huber Sepp. Der ist voriges Jahr gestorben. Die Nina und Felix haben bei ihm gewohnt. Na ja, jetzt gehört das Haus seinen fünf Kindern, die konnten sich lange nicht einigen, was mit dem Haus geschehen sollte, aber die meisten wollten wohl Kohle sehen, also muss das Haus verkauft werden. Da ist die Nina eben zu mir gezogen. Die Wohnung im Dachgeschoss stand sowieso leer."

„Was verlangst du denn für die zwei winzigen Zimmer?"

„Ich verlang' von der Nina doch keine Miete! Sie hilft mir im Garten, beim Einkaufen und wenn ich krank bin, kocht sie mir literweise Tee."

Susanne hatte kein gutes Gefühl bei der Sache. Tante Anna hatte es bisher immer abgelehnt, dass jemand auch nur vorübergehend in ihre Dachwohnung einzog. Als Susannes Tochter Claudia damals ein Praktikum in der Nähe gemacht hatte, hätte sie gerne ein paar Monate darin gewohnt, aber Tante Anna hatte das kategorisch abgelehnt. Sie könne es nicht leiden, wen ihr jemand am Kopf herumtrampelt, hatte sie damals gesagt.

Warum also Nina?

Ging es Tante Anna vielleicht schlechter, als sie zugab, oder hatte Nina weniger feine Methoden als Claudia? Wer weiß, man las ja so vieles.

„Ich könnte noch ein paar Tage bleiben?", sagte sie deshalb.

„Musst du denn nicht in dein Büro? Sonst hast du's doch immer so eilig."

„Ich habe gekündigt", sagte Susanne und bemühte sich, um einen beiläufigen Ton.

„Du hast gekündigt? Das glaub' ich jetzt nicht. Die Firma war dir doch immer heilig."

„Also, heilig ist etwas übertrieben. Aber ja, ich habe gerne dort gearbeitet, zumindest so lange, bis mein Ex-Chef auf die vertrottelte Idee kam, sein Aktienpaket zu verkaufen."

Tante Anna schien skeptisch, also sagte Susanne munter: „Jetzt muss ich mir eben was Neues suchen."

„Ja, ist das denn so einfach?"

„Kein Thema. Ich bin ganz gut vernetzt in der Branche."

Gegen Mittag fuhr Susanne ab, doch auf der Heimfahrt nahm sie sich vor, sich in Zukunft mehr um ihre Tante zu kümmern. Man konnte schließlich nie wissen – und dieser Nina traute sie einfach nicht über den Weg.
Wer färbt sich sein Haar schon lila? Wenn auch, zugegebenermaßen, ein paar schwarze Strähnchen darunter waren.

*

Zu Hause angekommen räumte sie ihren Koffer aus, befüllte die Waschmaschine und überlegte, was sie essen könnte.
Der Tiefkühler bot Rindsuppe, Ravioli, Erbsen, Brot und Himbeeren. Sie entschied sich für die Rindsuppe, in die sie einige Ravioli und eine handvoll Erbsen einkochte. Schon hatte sie eine wundervolle, kräftige Suppe. Danach machte sie es sich mit einem Glas Wein auf der Couch gemütlich und wählte Werners Nummer.
Mailbox. Schade, sie hätte gerne mit ihm geplaudert.
Also schrieb sie ihm eine SMS:

Wien hat mich wieder. Schönen Urlaub noch - Susanne

Dann nahm sie ein Buch zur Hand.
Sie war schon über ihrem Roman eingenickt, als gegen Mitternacht die Antwort kam:

Wie schön! Viel Erfolg bei der Jobsuche - auf bald - Werner

Lammkarree mit Olivenkruste

2 Lammkarrees (etwa 800 g)
1 Knoblauchknolle
1 kleine Zwiebel
4 Scheiben Weißbrot
70 g weiche Butter
4 EL Tapenade (schwarze Olivenpaste)
frischen Thymian
1 Zweig Rosmarin
Olivenöl
Salz, Pfeffer

Toastbrot würfeln und (am besten im Cutter) zerkleinern. Mit der Butter und der Olivenpaste zu einer glatten Masse verarbeiten. Salzen, pfeffern zu einer Rolle formen, in Alufolie wickeln und etwa 2 Stunden in den Kühlschrank stellen.
Lammkarrees von Sehnen und Häuten befreien und in heißem Öl scharf anbraten. Knochlauchknolle und Zwiebel halbieren und mitbraten, Thymian und Rosmarin zugeben und kurz durchschwenken. Dann das Fleisch mit den Gewürzen bei 120 Grad Umluft im Backrohr ziehen lassen.
Olivenpaste in Scheiben schneiden und auf das Karree legen, etwa 2 Minuten gratinieren.

Am nächsten Morgen setzte sich Susanne an ihren Schreibtisch und erstellte eine Liste der Personen, die ihr bei der Jobsuche nützlich sein könnten. Sicherheitshalber fertigte sie noch eine zweite Liste an, auf der sie notierte, in welchen Bereichen sie bisher gearbeitet hatte und in welchen sie besonders kompetent war. Doch eigentlich ging sie davon aus, dass sie die nicht brauchen würde, schließlich war sie kein unbeschriebenes Blatt in der Branche.

Vielleicht hatte es sich in der Zwischenzeit sogar schon herumgesprochen, dass sie frei war. Sollte sie vorerst abwarten, ob jemand auf sie zukam? Aber die Hände in den Schoß zu legen und abzuwarten entsprach nicht ihrer Art.

Sie legte die Stirn in Falten, strich sie eilig wieder glatt und entschied, dass es günstiger sei, erst einmal auf Stellengesuche zu antworten und dann ihre persönlichen Kontakte zu nutzen.

Also gab sie „Stellenangebote Immobilien" in die Suchmaschine ein und fand binnen Kurzem drei Jobs, die ihr interessant erschienen. In allen Fällen wurden Bewerbungsschreiben, Lebenslauf und allfällige Dienstzeugnisse per Mail angefordert.

Sie machte sich an die Arbeit.

Eine Stunde später bekam sie die erste Absage: Der ausgeschriebene Posten sei bereits vergeben. Die nächste Absage kam tags darauf, doch am Freitag erhielt sie eine Einladung zu einem Vorstellungsgespräch. Na bitte, geht doch.

Sicherheitshalber besorgte sie sich am nächsten Morgen den Samstag-Kurier, verbrachte den Vormittag mit der Durchsicht der Jobangebote und übermittelte am Nachmittag weitere Bewerbungsschreiben, ehe sie sich auf den Weg zur Geburtstagsfeier ihrer Cousine machte. Wie doch die Zeit verging. Eben waren sie doch noch Kinder gewesen – und jetzt wurde Paula sechzig!

*

Mit ihrer Cousine Paula hatte Susanne sich schon immer gut verstanden. Warum, konnte sie nicht sagen, denn sie waren damals schon ziemlich verschieden gewesen. Rudi, Paulas Mann, hielt sie hingegen für einen Wichtigmacher der Sonderklasse, der Rest der Verwandtschaft war ganz in Ordnung, und gegen ihre Nichte Babsi war auch nichts einzuwenden – außer vielleicht, dass sie gleich alt war wie ihre Tochter Claudia – und an Claudia wollte sie jetzt lieber nicht denken.

Kaum hatte sie den Saal betreten, kam ihr auch schon Paula entgegen. Sie schien seit dem letzten Zusammentreffen zugenommen zu haben, zumindest saß der dunkelgraue Kostümrock ein wenig streng. Immerhin hatte sie zur Feier des Tages ihre geliebten Westen durch eine Kostümjacke ersetzt, sonst sah sie aus wie immer.

Susanne küsste Paula pflichtschuldig auf die Wange und schüttelte anschließend Rudis fleischige Hand.

„Gut siehst du aus", meinte der gönnerhaft.

„Es geht mir auch gut", antwortete sie und nahm ein Sektglas von einem der Tabletts.

„Ich dachte, du wärst gekündigt worden", warf Paula ein.

Da hatte Tante Anna ja wieder ganze Arbeit geleistet, dachte Susanne amüsiert und antwortete betont fröhlich: „Stimmt. Deswegen geht's mir ja so gut."

Es war Paula anzusehen, dass sie dieser Logik nicht folgen konnte.

„Meinst du, dass du so leicht eine neue Stelle findest? In deinem Alter?"

„Ich bin ja noch keine sechzig", antwortete Susanne augenzwinkernd und überreichte als Wiedergutmachung das geschmackvoll arrangierte Päckchen mit Paulas Lieblingsparfum.

Da Diplomatie nicht gerade zu Paulas hervorragendsten Eigenschaften zählte, stellte sie das Päckchen auf den Tisch zu den übrigen Geschenken und sagte: „Mit fünfundfünfzig werfen sie einem die Jobs auch nicht mehr nach. Wie lange hast du denn noch bis zur Frühpension?"

„Frühpension? Ich denke doch nicht an Frühpension!"

„Solltest du aber", antwortete Paula. Die Ankunft des nächsten Gastes ersparte ihnen die weitere Diskussion.

Ausgerechnet Rudi klopfte ihr aufmunternd auf den Rücken – wie sie das hasste – und sagte jovial: „Wahrscheinlich hast du es gar nicht mehr nötig zu arbeiten."

„Aber ich will – und werde – auf jeden Fall wieder arbeiten", entgegnete sie energisch.

„Dein Wort in Gottes Ohr", meinte Rudi.

„Macht euch keine Sorgen um mich", antwortete sie und entfloh in Richtung ihrer Nichte, die sie umgehend mit ihrem neuen Freund bekannt machte. Das erinnerte Susanne daran, dass sie in der Zwischenzeit auch einen Schwiegersohn hatte – einen, den sie nicht mochte.

*

Obwohl der Himmel bewölkt war, war die Luft angenehm mild, als Susanne am nächsten Tag mit ihrer Freundin Doris durch die Weinberge spazierte. Sie genoss die Bewegung in frischer Luft und konnte endlich ihrer Empörung freien Lauf lassen: „Das hättest du hören müssen. Meine Verwandtschaft scheint nichts anderes zu interessieren, als wer wann in Pension gehen kann. Ich verstehe das nicht! Das ist doch krank. Wohlverstanden, die sind alle bei guter Gesundheit."

Doris teilte zwar ihr Unverständnis für die Pensionsgelüste ihrer Verwandtschaft, nicht aber ihren Optimismus, was die Stellesuche betraf.

„Hast du dir schon einen Plan B überlegt für den Fall, dass du keine adäquate Stelle mehr findest?"

Nein, das hatte sie nicht.

Montag und Dienstag gingen ereignislos dahin, also setzte sie all ihre Hoffnungen in das Gespräch, das sie für Mittwochvormittag vereinbart hatte, und bereitete sich gründlich darauf vor. Sie recherchierte nicht nur alles über das Unternehmen, es handelte sich um die Immobilientochter einer großen Bank, sondern auch über die Mitglieder des Vorstandes und der Geschäftsleitung.

Dann eilte sie noch zum Friseur, schließlich konnte es nicht schaden, auch gut auszusehen.

Die Einladung zum Vorstellungsgespräch war von einer Frau Magister Feldmann unterzeichnet worden, über die im Internet allerdings nichts zu finden gewesen war, woraus Susanne schloss, dass es sich um eine unbedeutende Assistentin handelte, die waren ja neuerdings alle schon irgendwie akademisch.

Das Unternehmen befand sich im 20. Stock eines supermodernen Glaspalastes. Während sie auf den Lift wartete, dachte sie mit Wehmut an den stilvollen Altbau, in dem IMMOBILIEN mit WERT residiert hatte.

Frau Magister Feldmann war die Personalchefin – schau an. Sie war vermutlich kaum älter als dreißig und trug ein dunkelblaues Kostüm mit superkurzem Rock. Das Gespräch fand in einer Besprechungskoje statt, die Susanne irgendwie an eine fliegende Untertasse erinnerte; man hatte ihr nicht einmal Kaffee angeboten.

„Sie interessieren sich für den Posten in unserer Finanzbuchhaltung."

„Keineswegs", antwortete Susanne. „Ich habe mich für die Position als Asset-Manager beworben."

Magister Feldmann schien verwirrt und blätterte in ihren Unterlagen.

„Sie haben doch eine solche Position ausgeschrieben", setzte Susanne nach.

„Schon, aber, pardon, da muss es sich um eine Verwechslung handeln. Vermutlich weil ihre Daten, also die bisher eingesehenen Unterlagen, viel eher zu der Stelle in der Finanzbuchhaltung gepasst haben. Sie müssen wissen, die Position des Asset-Managers würde eine gewisse Mobilität voraussetzen. Das zu verwaltende Portfolio befindet sich nur teilweise in Wien, teilweise aber auch in Berlin und Frankfurt."

Susanne nickte. „Wo ist das Problem?"

„Das Problem ist, dass sie immer wieder dorthin reisen müssten."

„Schon klar. Ich bin zeitlich flexibel und habe keine Flugangst."

Magister Feldmann blätterte angestrengt in ihren Unterlagen, ehe sie sagte: „Tatsächlich hat sich die Geschäftsführung für diese Position einen Akademiker zwischen 30 und 40 vorgestellt."

Immerhin schien ihr diese Äußerung unangenehm zu sein, dachte Susanne nicht ohne Häme, ehe sie konterte: „Soviel ich bisher verstanden habe, geht es darum, ein Portfolio von Zinshäusern zu verwalten. Ich habe in meinem bisherigen Berufsleben kaum etwas anderes getan. Können Sie mir vielleicht erklären, was genau ein Akademiker zwischen 30 und 40 anders machen könnte?"

Das konnte Frau Magister Feldmann leider nicht. Sie versprach zwar halbherzig, Susannes Bewerbung der Geschäftsführung vorzutragen, und beendete das Gespräch, indem sie aufstand und sagte: „Also …

wenn Sie sich die Sache mit der Finanzabteilung vielleicht noch einmal überlegen wollen?"

Das wollte Susanne keinesfalls und rauschte davon.

Für heute hatte sie genug. Auf dem Heimweg kaufte sie sich auf dem Naschmarkt ihr Frustmenü: Tramezzini mit Lachs, Tramezzini mit feurigem Eiaufstrich und dann noch ein Säckchen von diesen unglaublich köstlichen Champagnertrüffeln.

Daheim goss sie sich ein Glas Chardonnay ein, verzehrte genüsslich die Tramezzini und machte es sich danach mit den Champagnertrüffeln und einem Krimi auf dem Sofa gemütlich. Dennoch gelang es ihr nicht, das Gespräch zu vergessen.

Am nächsten Morgen hatte sie sich soweit erholt, dass sie mit neuem Elan begann, die Liste ihrer Branchenkollegen abzuarbeiten. Wäre doch gelacht, wenn man für eine Fachkraft wie sie, ungebunden und im besten Alter, keine Verwendung mehr hätte.

Freitagmittag war sie damit fertig. Sie hatte zwar durchaus interessante Telefonate geführt, manch einer hatte ihr auch zugesichert sich umzuhören, aber eine konkrete Zusage hatte sie nicht erhalten.

Sie überlegte kurz, ob sie sich mit einer heißen Schokolade und ein paar von diesen köstlichen Karamellkeksen auf die Couch zurückziehen sollte, doch dann packte sie ihre Sporttasche und fuhr in den Fitnessclub. Sie hatte zwar nicht vor, sich an den Geräten zu verausgaben, aber bei der Jazz-Gymnastik würde sie mitmachen und danach ein paar Längen schwimmen.

Da sie seit dem Herbst nicht mehr hier gewesen war, verließ sie den Gymnastikraum ziemlich außer Puste und reichlich verschwitzt. Sicher würde sie morgen einen ausgewachsenen Muskelkater haben.

Sie genoss das warme Wasser der Dusche und beschloss aufs Schwimmen zu verzichten und lieber gleich nach Hause fahren, als plötzlich jemand rief: „Susanne! Ich dachte du plantscht noch im warmen Thermenwasser."

„Nora!" Sie freute sich aufrichtig, ihre ehemalige Kollegin zu treffen. Nora war Peters rechte Hand gewesen, sie hatte man zuallererst gekündigt. Sie begrüßten einander mit Küsschen links, Küsschen rechts, und bestellten einen Vitamincocktail.

Da Nora ausnahmsweise keine familiären Verpflichtungen hatte, Tochter und Ehemann waren im Kino, gingen die beiden zum nahegelegenen Griechen, verspeisten rosa gebratene Lammkoteletts und tranken ein Glas Retsina, während Nora, die gute zehn Jahre jünger war, von ihrem neuen Job erzählte und Susanne ein paar Geschichten von IMMO mit Wert zum Besten gab.

Beim zweiten Glas fragte Nora: „Und wie geht's dir mit der Jobsuche?"

„Nicht so toll. Niemand scheint einen Asset-Manager zu suchen, zumindest keinen in meinem Alter."

„Nun ja, die Branche ist eng, so viele Führungspositionen gibt es eben nicht", sinnierte Nora. „Was willst du jetzt machen?"

„Weitersuchen. Wäre doch gelacht, wenn niemand einen Immobilien-Profi brauchen könnte. Cheers!"

*

Bisher hatte Susanne es immer genossen, an einem ruhigen Wochenende Zeit zu haben, um sich selbst zu verwöhnen. Sie hatte sich dann eine Gesichtsmaske gegönnt, die abgestorbenen Hautschüppchen von den Beinen gerubbelt, dort und da ein Härchen weggezupft und darauf geachtet, am Tag fünf Portionen Obst und Gemüse zu essen.

Doch diesmal blieb wenig zu tun, denn in den vergangenen Tagen hatte sie zwischen den Telefonaten Zeit genug gehabt für Rubbelcreme und Gurkenmaske.

Das Wetter war auch schlecht, es schüttete in Strömen. Ruhelos tigerte sie durch die Wohnung. Das Buch, das Doris ihr empfohlen hatte, konnte sie ebenso wenig fesseln wie das Fernsehprogramm und für sich alleine zu kochen machte auch keinen Spaß.

Vielleicht sollte sie sich irgendwo einladen. Aber schon der Gedanke, bei diesem Wetter ihr wohlig warmes Nest zu verlassen, ließ sie frösteln. Es war schon achtzehn Uhr vorbei und ihre Laune auf dem absoluten Nullpunkt, als das Telefon läutete.

„Rieger", meldete sie sich mürrisch.

„Hallo Susanne. Wie schön, dass ich dich zu Hause antreffe."
„Werner! Du bist schon zurück?"
„Gott sei Dank. Ohne dich war Abano ziemlich leer und drei Wochen arg lang."
Das konnte sie gut verstehen. Allein der Gedanke daran, drei Wochen an einem Ort zu verbringen, war ihr unerträglich.
„Ich würde dich gerne zum Essen einladen", fuhr Werner fort. „Hättest du Zeit?"
„Gerne, wann denn?"
„Am liebsten gleich."
Und ob sie Zeit hatte. Schon eine halbe Stunde später verließ sie frisch gestylt das Haus.
Regen? Lächerlich, sie war doch nicht aus Zucker.

*

Sie hatte Werner vorgeschlagen, einander gleich im Restaurant zu treffen, aber das hatte er, ganz Gentleman, natürlich abgelehnt. Als sie aus dem Haustor trat, wartete sein silbergrauer Jaguar in zweiter Spur. Der Wagen war älteren Datums und passte irgendwie zu seiner etwas antiquierten Art. Trotz des strömenden Regens stieg er aus, um ihr den Wagenschlag zu öffnen. Sieh an, ein Kavalier der alten Schule, dachte sie amüsiert. Sie genoss diese Dinge, auch wenn sie sie gleichzeitig ein wenig verstaubt fand.
Werner führte sie in ein Restaurant, das für seine Wiener Küche bekannt war.
„Ich hoffe du magst Wiener Küche, aber nach drei Wochen Italien habe ich einen gewissen Nachholbedarf."
„Keine Sorge, ich mag alles, wenn es nur gut gekocht ist."
Sie wählte Tafelspitz mit Semmelkren, während er sich für ein Kalbsschnitzel entschied.
„Erzähl mal, wie geht es dir mit der Jobsuche?", forderte er sie auf.
Sie machte eine wegwerfende Handbewegung: „Das willst du nicht wirklich wissen."

„Doch."

Also legte sie los. Sie erzählte von ihren erfolglosen Bemühungen und garnierte die Erzählungen mit den erstaunlichsten Aussagen, die ihr im Laufe der letzten Wochen so untergekommen waren.

„Ich glaube das Dümmste war, dass mir so ein junger Schnösel erklärt hat, die Integration älterer Arbeitnehmer sei eine Herausforderung, der sich sein Unternehmen bisher noch nicht gestellt hätte. Schau ich etwa aus, als bräuchte ich einen Treppenlift?"

Jedenfalls war der Abend ein voller Erfolg gewesen und sie vereinbarten, am kommenden Samstag, quasi als Alternativprogramm, einen total angesagten Asiaten zu besuchen.

Tramezzini mit Lachs

8 Scheiben Tramezzini
60 g Pflücksalat
80 g Majonäse
160 g Lachs, geräuchert
4 Eier, gekocht

Den Pflücksalat waschen und trockenschleudern, dann 4 Scheiben Tramezzini damit belegen. Die hart gekochten Eier (am besten mit einem Eischneider) in Scheiben schneiden und auf die Majonäse legen, den Räucherlachs darauf verteilen, die restlichen Brotscheiben darüber legen, die Ränder zusammendrücken und diagonal durchschneiden.

Schon in der nächsten Woche brach Susanne neuerlich zu einem Bewerbungsgespräch auf. Diesmal hatte sie sich in einer großen Hausverwaltung beworben. Die Verwaltung hatte einen guten Ruf, sie kannte den Senior-Chef von früher, aber der hatte sich in der Zwischenzeit auf seine Finca auf Mallorca zurückgezogen.

Das Unternehmen wurde nun von seinem Sohn geführt, den Susanne auch von früher kannte. Als sie ihn zuletzt gesehen hatte, war er allerdings noch ein unscheinbares Bürschchen mit halblangen Haaren gewesen, das mit mäßigem Erfolg BWL studiert hatte. Nun war er Magister, also dürfte es ihm, wider Erwarten, doch gelungen sein, das Studium abzuschließen.

Das Büro war nun in einem ehemaligen Fabrikgebäude untergebracht, das seit einigen Jahren als Bürohaus diente. Sie schätzte die Raumhöhe auf gut fünf Meter. Die Räume waren in einem leuchtenden Zitronengelb gestrichen worden, was sie sehr hell und freundlich erscheinen ließ. Die Böden waren teilweise mit Spannteppichen, teilweise jedoch mit einer Art Profilblech belegt. Seltsam, dachte Susanne. Im gleichen Moment kam ein junger Mann auf einem Scooter durchs Büro gefahren. Knapp vor ihr machte er halt, lehnte den Scooter an die Wand und bat sie, ihm in den Besprechungsraum zu folgen.

Jetzt erst erkannte sie in ihm den ehemals langhaarigen Burschen. Das blonde Haar hatte er zu einer Stoppelglatze geschnitten, was ihm ein eher kahlköpfiges Aussehen verlieh. War das der neueste Schrei? Er trug schwarze Jeans und ein Sweatshirt. Susanne kam sich in ihrem dunkelblauen Hosenanzug vor, als wäre sie in einer Ballrobe erschienen.

„Ich mach's mal kurz", eröffnete er das Gespräch. „Wie Sie wahrscheinlich schon gesehen haben, sind wir ein junges Team. Der Grund, warum ich dennoch auf Ihre Bewerbung zurückgegriffen habe, ist folgender: Meine Frau bekommt ein Kind. Sie hat vor, die ersten drei Jahre zu Hause zu bleiben, wird dann aber auf jeden Fall wieder einsteigen. Ich dachte mir, in drei Jahren ..."

„Könnte ich in Pension gehen", vollendete sie seinen Satz.

Sie hatte eigentlich nicht vor, sich schon in drei Jahren aus dem Berufsleben zurückzuziehen, aber anderseits konnte in der Zeit viel passieren. Also fragte sie: „In welchem Bereich war ihre Frau denn bisher tätig?"

„Sie war meine Assistentin."

Das war starker Tobak. Was dachte sich der junge Schnösel eigentlich?

Sie lehnte sich zurück und fragte honigsüß: „Sagen Sie, haben Sie mein Bewerbungsschreiben eigentlich gelesen?"

Er nickte: „Doch, schon, aber ich dachte mir, in Ihrem Alter sind Sie ..." Den Rest des Satzes ließ er unter ihrem erstaunten Blick in der Luft hängen.

„Was denn?", sprang sie ihm hilfreich zur Seite: „Froh, dass ich überhaupt Arbeit bekomme? Tut mir leid, ich bin wirklich nicht mehr jung genug, um im Scooter durch Ihr Büro zu fahren. Aber ich schicke Ihnen gerne meine ehemalige Assistentin vorbei, vielleicht kann die Ihnen helfen."

„Da habe ich ... also ich meine ... das ist ..."

Sie funkelte ihn an.

„Das ist … wirklich sehr freundlich von Ihnen", schloss er und ließ noch ein scheinbar unvermeidliches „Tschü-üss" folgen.

*

Auf dem Weg zum Auto überlegte sie: Tramezzini oder shoppen? Sie entschied sich dafür, erstmal Peek und Cloppenburg einen Besuch abzustatten, Tramezzini konnte sie später immer noch essen.

Die Sonne schien, die Luft war angenehm mild, sie würde sich doch von so einem Jungspund nicht die Laune verderben lassen.

Allerdings schienen sich in den Führungsetagen zunehmend Jahrgänge niederzulassen, die jung genug waren, ihre Kinder zu sein. Wer in ihrem Alter nicht schon einen Chefsessel hatte, für den war es schwer, einen zu ergattern. Die nachkommende Generation war gut ausgebildet, flexibel, belastbar und vor allem billiger.

Gedankenverloren parkte sie ihren Wagen in der nahen Tiefgarage und schlenderte durch die Fußgängerzone.

Als sie sich dem Kaufhaus näherte, erkannte sie Werner. Sie hob die Hand zum Gruß und wollte schon rufen, als eine junge Frau an seine Seite trat und ihm einen Kuss auf die Wange gab.

Blitzartig ließ sie den Arm sinken und wendete sich der Auslage zu.

Gott sei Dank, er hatte sie nicht gesehen.

Dafür hatte sie nun Zeit in der Auslagenscheibe seine Begleitung näher unter die Lupe zu nehmen. Sie war vermutlich Ende zwanzig und hatte langes, schwarzes Haar. Mist. Ausgerechnet Werner.

*

Als sie es sich später mit einer Ladung Lachs-Tramezzini und einer Tüte Champagnertrüffel zu Hause gemütlich machte und die Post durchsah, fiel ihr ein handschriftlich beschriftetes Kuvert auf.

Staller, der Mieter des Rosenschlösschens, teilte ihr in etwas ungelenker Schrift mit, dass er das Mietobjekt zum nächstmöglichen Termin zu kündigen wünsche.

Na super. Ausgerechnet jetzt, wo sie zum ersten Mal in ihrem Leben auf diese Mieteinnahmen angewiesen war. Natürlich hatte sie Ersparnisse, aber auf die wollte sie nicht zurückgreifen. Jetzt noch nicht. Niemand wusste, wie sich die Wirtschaft weiterentwickeln würde und immer öfter hieß es, dass sich der Staat üppige Pensionszahlungen bald nicht mehr leisten konnte. Nun, sie war leidlich gesund und wollte ohnehin arbeiten – verdammt noch mal.

Während sie sich ein Glas Chardonnay zu ihren Tramezzini schmecken ließ, überlegte sie, dass der Zeitpunkt vielleicht doch gar nicht so schlecht war. Jetzt hatte sie wenigstens Zeit, sich eingehender mit dem Rosenschlösschen zu befassen. Bisher hatte sie stets nur die Mieteinnahmen aufgelistet und versteuert. Sobald sie wieder einen Job haben würde, hätte sie erst recht keine Zeit mehr. Außerdem hatte sie ohnehin vorgehabt, sich mehr um Tante Anna zu kümmern.

Davor würde sie noch ihre ehemalige Assistentin anrufen.

Helga Wagner war ebenfalls noch auf Stellungssuche und nicht abgeneigt, ihr Glück bei dem Scooter fahrenden Jungchef zu versuchen.

„Hoffentlich stößt er sich nicht daran, dass ich Alleinerzieherin bin. Daran sind schon zwei Zusagen gescheitert."

„Sind Sie eigentlich in der Zwischenzeit geschieden?"

„Leider nein. Wir konnten uns immer noch nicht auf die Unterhaltszahlungen einigen."

„Ist doch gut. Dann sind sie verheiratet. Punkt."

„Das ist aber nicht ganz fair", warf Helga Wagner zögernd ein.

„Finden Sie es fairer, den Frauen die Sorge um die Kinder zu überlassen und sie anschließend am Arbeitsmarkt zu benachteiligen?"

Schweigen.

„Na also, machen Sie's gut."

*

Am nächsten Tag setzte sich Susanne mit dem Mieter des Rosenschlösschens in Verbindung. Wie sie bereits vermutet hatte, wollte Hubert Staller sein Mietobjekt so rasch wie möglich loswerden. Die Geschäfte gingen schlecht und er könne sich die Mietzahlungen nicht mehr leisten. Sie vereinbarten ein Treffen für das kommende Wochenende. Als Profi wusste sie, dass es besser wäre, das Haus vorab zu besichtigen, um zu entscheiden, welche Einbauten sie sinnvollerweise übernehmen konnte und welche Instandsetzungsarbeiten ihr Mieter noch durchführen musste. Erst danach würden sie einen endgültigen Übergabetermin vereinbaren.

Zuvor würde sie noch den Mietvertrag studieren, so hatte sie es schließlich immer gehalten.

Werner ließ sie per Mail wissen, dass sie die Verabredung am kommenden Wochenende leider nicht einhalten konnte. Er antwortete umgehend, dass er das sehr bedauerte.

„Schleimer", sagte sie laut. Sollte er doch die schwarzhaarige Schönheit ausführen.

Am Samstagmorgen machte sie sich auf den Weg. Nach der Besichtigung würde sie zu Tante Anna fahren und das Wochenende bei ihr verbringen.

*

Das Rosenschlösschen lag auf einem Hügel, etwas außerhalb von Kaiserstein. Die Lage war wirklich sehr hübsch, ein paar Zypressen noch und es sieht aus wie in der Toskana, dachte sie gut gelaunt.

Als sie das Haus wenig später in Augenschein nahm, wich ihre gute Laune jedoch blankem Entsetzen.

Dass der Verputz an der Straßenfront abblätterte, wusste sie vom Vorbeifahren, das war nicht so schlimm, doch hofseitig hatte die Fassade tiefe Risse. Die Fenster hatten auch schon seit langer Zeit keinen Anstrich mehr gesehen und bei manchen bezweifelte sie, ob sie überhaupt noch zu retten waren. Die Malerei im Inneren hatte es auch überstanden, wie sie früher manchmal launig bemerkt hatte, wenn kaum ein Anstrich mehr zu sehen war. Kaum eine Tür, die nicht verzogen war, und die Parkettböden in den ehemaligen Wohnräumen waren mit Sicherheit nicht mehr zu retten. Es war eine Schande.

Staller hatte die ehemalige Gärtnerei vor ziemlich genau fünfzehn Jahren gemietet. Damals, als ihre Eltern sich in ein Seniorenheim zurückgezogen hatten, war es kein modernes, aber ein solides, schmuckes Haus gewesen. Gut, dass ihre Eltern das nicht mehr sehen mussten. Sie waren immer so stolz auf das Rosenschlösschen gewesen – es war zum Weinen. Doch für Sentimentalitäten war jetzt keine Zeit.

„Wie ich dem Mietvertrag entnehmen konnte, waren die Instandhaltungsarbeiten Ihnen übertragen worden. Tatsächlich scheinen sie nie welche durchgeführt zu haben."

Der Staller kratzte bedächtig seinen Vollbart: „Na ja, wir haben schon immer wieder was g'macht. Das Notwendigste halt."

„Ich dachte mir schon, dass wir ziemlich unterschiedliche Auffassungen über das Notwendigste haben", gab sie spitz zurück.

„Jo mei, mehr hat der Betrieb halt nicht abg'worfen."

Kein Wunder, dachte sie, während sie die Küche inspizierte, in der noch bis vor Kurzem die sogenannten „Rosen-Kochkurse" abgehalten worden waren.

Auf den Fensterbänken standen Töpfe mit Kräutern, die schon länger kein Wasser gesehen hatten, das Tischtuch am Esstisch hatte einen Kaffeefleck und in der schmucken Obstschüssel faulten die Äpfel still vor sich hin.

„Möchten's vielleicht ein Frühstück?"

„Nein danke, ich habe unterwegs eine Kleinigkeit gegessen."

Das war zwar gelogen, aber sie wollte nicht ganz unhöflich sein und hier würde sie keinen Bissen hinunterbringen.

An der Tür lehnte eine Tafel, auf der zu lesen war:

Do–So, 11–18 Uhr
Butterbrot mit Rosenmarmelade und Kaffee € 5,00
Tagliatelle mit Rosenpesto € 15,00
Schweinsfilet mit Rosenpesto und Tagliatelle € 23,00

Nicht gerade üppig, das Angebot. Kein Wunder, dass das Geschäft nicht lief.

Die vorhandene Kaution würde gerade reichen, um die Mietrückstände abzudecken. Aufgrund des Vertrages konnte sie sicher die eine oder andere Instandhaltungsarbeit verlangen, aber es sah nicht danach aus, als ob der Staller das notwendige Geld hätte, um die Arbeiten auch professionell durchführen zu lassen, und mit einem billigen Pfusch war ihr nicht geholfen. Sie würde Tante Anna befragen.
Laut sagte sie: „Die Möblierung in den Zimmern muss auf jeden Fall geräumt werden. Ob ich die Küche übernehmen werde, überlege ich mir noch. Könnten wir uns am Montagvormittag noch einmal treffen?"
„Jo mei", sagte der Staller, „ich bin ja da."
Als sie Tante Anna fragte, ob der Staller irgendwelchen Besitz hätte, lachte die nur: „Besitz? Der Staller? Der hat doch alles verspielt. Na, meine Liebe, bei dem ist nichts zu holen."
Also schrieb Susanne am Montag folgende Vereinbarung:

Übergabe in zwei Wochen, sohin am 1. Mai, wie besichtigt, jedoch geräumt von allen Fahrnissen, mit Ausnahme der Ausstattung der Taverne (inklusive aller Küchengeräte), welche, im Austausch gegen allfällige Instandhaltungsarbeiten, ohne weitere Zahlung in den Besitz der Vermieterin übergeht.

„Was ist mit meiner Kaution?"
„Die rechnen wir gegen die ausständigen Mietzahlungen. Hier ist eine Gegenüberstellung meiner Forderungen und jener Beträge, die diesen gegenüberstehen. Wie Sie sehen, geht die Rechnung zu meinen Lasten aus."
„Und was werden's mit dem Haus jetzt machen?", fragte der Staller, nachdem er seine Unterschrift unter die Vereinbarung gesetzt hatte.
„Das wüsste ich allerdings auch gerne."

Kümmelbraten vom Waller

4 Wallerfilets (am besten weißer Wels, je 15–20 dag)
⅛ l Fischfond
⅛ l Weißwein
etwas Kümmel
einige Knoblauchzehen
glattes Mehl (zum Mehlieren)
Butter, Olivenöl, Salz, Pfeffer
300 g Weißkraut, geschnitten
3 EL Weißweinessig
3 EL Maiskeimöl
Etwas Kümmel

Für den Saft Öl in einem hohen Topf erhitzen und die geschälten Knoblauchzehen so lange darin braten, bis der Knoblauch schwarz wird, dann herausnehmen, mit Fischfonds und Weißwein aufgießen und so lange reduzieren, bis die Flüssigkeit die Hälfte eingekocht ist.

Mit Knoblauch, Majoran, Salz und Pfeffer abschmecken und mit Butter und Olivenöl sämig rühren.

Für den Krautsalat das geschnittene Kraut in etwas heißem Olivenöl durchschwenken. Mit Salz, Pfeffer, Essig und Öl würzen, durchziehen lassen und abschmecken.

Die Fischfilets auf der Hautseite 3–5 mm tief einschneiden (kreuzweise), mit Kümmel bestreuen, salzen, mehlieren und in nicht zu wenig Olivenöl langsam knusprig braten, dickere Stücke im Rohr durchziehen lassen.

Den warmen Krautsalat anrichten, Fischfilets darauf setzen und mit dem Saft garnieren.

Jedenfalls musste das Rosenschlösschen saniert werden, anders würde sie weder einen Mieter finden noch einen respektablen Kaufpreis erzielen. Aber verkaufen wollte Susanne ohnehin nicht. Trotzdem wollte sie wissen, was das Objekt wert wäre. Sie besorgte alle notwendigen Unterlagen und beauftragte Werner damit, ein Verkehrswert-Gutachten zu erstellen.

„Unsinn", sagte der. „Du brauchst doch kein ausgefertigtes Gutachten. Wir sehen uns das Haus gemeinsam an und ich errechne dir den Marktwert. Wenn du magst, darfst du mich im Gegenzug zum Essen einladen."

Das wollte sie eigentlich sehr gerne und so bemühte sie sich, den Gedanken an die schwarze Schönheit zu verdrängen. Außerdem wusste sie, dass so ein Gutachten nicht ganz billig war.

Sie vereinbarten, den kommenden Samstag für die Besichtigung zu nützen.

„Macht es dir etwas aus, wenn wir anschließend bei Tante Anna vorbeifahren?"

„Ich freue mich darauf, sie kennen zu lernen."

Gut so, dachte sie, denn diese Nina ging ihr immer noch nicht aus dem Sinn. Sie hatte einfach kein gutes Gefühl, wenn sie daran dachte, dass diese Person mit Tante Anna unter einem Dach lebte. Was hatte man in letzter Zeit nicht alles gehört.

*

„Zugegeben", sagte Werner vorsichtig, „der Zustand ist …",

„Beschissen", ergänzte sie.

Er lachte. „Ich wollte eigentlich sagen verbesserungswürdig. Aber sonst, eine sehr reizvolle Immobilie", meinte er nach ihrem ersten Rundgang.

„Je öfter ich sie mir anschaue, umso mehr bezweifle ich, ob ich mir eine Sanierung überhaupt leisten kann."

Werner wiegte den Kopf: „Eine vernünftige Revitalisierung wird nicht billig werden, aber lohnend ist sie in jedem Fall."

„Vor allem für den Architekten", spottete sie, aber das Lächeln, mit dem sie ihn dabei bedachte, nahm ihren Worten die Spitze. Dann fuhr sie im geschäftsmäßigen Ton fort: „Jedenfalls muss ich mir vorab überlegen, was mit dem Haus geschehen soll."

Er hob seine Hand schützend vor die Augen, denn die Sonne meinte es heute besonders gut: „Ich sehe es schon vor mir: Die Fassade kaisergelb mit weißen Faschen um die Fenster, die Erker weiß, die Fenster dunkelgrün, darunter Blumenkästen und auf dieses Türmchen hier gehört ein Zwiebeldach."

„Sehr schön", bemerkte sie trocken. „Lass uns zu Tante Anna und ihren Schweinsbraten fahren, bevor ich vor lauter Hunger auch noch zu Halluzinationen neige."

Doch der Gedanke an ein Rosenschlösschen im neuen Glanz gefiel ihr.

*

Es war schon ziemlich spät, als sie nach Hause kam, denn nach dem ausgiebigen Mittagessen hatten sie einen ebenso ausgiebigen Verdauungsspaziergang gemacht; und als sie endlich zurückkamen, hatte Tante Anna schon den Kaffeetisch gedeckt.

Nina war den ganzen Tag nicht zu sehen gewesen, nur Felix' Spielsachen lagen im Garten herum.

„Kann der Bub die Sachen denn nicht aufräumen?", fragte Susanne, die es nicht ausstehen konnte, wenn irgendwo etwas herumlag.

Tante Anna sah kurz auf, während sie den Kuchen anschnitt: „Doch, kann er, muss er auch, immer wieder mal. Aber so schnell wie da wieder etwas herumkugelt, kannst du gar nicht schauen."

„Warum tust du dir das überhaupt an? Du musst doch nicht vermieten."

„Weil ich gottfroh bin, dass die beiden da sind." Das klang so abschließend, dass Susanne das Thema fallen gelassen hatte.

Auf der Heimfahrt hatten sie wieder über das Rosenschlösschen gesprochen. Werner hatte sich sehr für die Geschichte interessiert und sie hatte ihm erzählt, was sie darüber wusste.

Das Haus stammte aus dem 19. Jahrhundert und war ursprünglich als Jagdschloss erbaut worden. Ihr Großvater hatte es nach dem Ersten Weltkrieg gekauft, vor allem wegen des großen, sonnigen Grundstückes, das für seine Gärtnerei wichtig gewesen war. Erst später hatte er begonnen, das Haus, das im Krieg stark gelitten hatte, wieder bewohnbar zu machen. Kaum war er damit fertig gewesen, hatte der Zweite Weltkrieg begonnen, doch diesmal war das Gebäude weitgehend verschont geblieben.

Sie hatte seit ihrer Geburt dort gelebt, bis sie nach der Matura als Aupair-Mädchen nach Paris gegangen war. Dort hatte sie Pierre kennen und lieben gelernt, den Sohn des Hauses, und als sie zurückkam, war sie schwanger gewesen.

„Aber das wollte ich eigentlich gar nicht erzählen", sagte Susanne.

„Es würde mich aber sehr interessieren", antwortete Werner. Sie sah ihn kurz an. Konnten diese Augen lügen? Niemals.

„Es war der Skandal des Jahres gewesen. Meine Eltern haben alles daran gesetzt, dass Pierre und ich heirateten, was wir dann ja auch getan haben."

„Was ist aus eurer Ehe geworden?"

„Eine Katastrophe. Erst haben wir bei meinen Eltern gewohnt, aber das war natürlich keine Lösung. Dann sind wir nach Wien gegangen, und als unsere Tochter zehn Jahre alt war, haben wir uns scheiden lassen."

„Und wo ist deine Tochter jetzt?"

„In Paris."

Sie hatte ihrer Stimme einen sehr endgültigen Klang gegeben und Werner hatte ihren Tonfall richtig interpretiert und nicht weiter gefragt.

*

Als sie später unter der Dusche stand und das warme Wasser genoss, überlegte sie, wie es wohl wäre, wieder im Rosenschlösschen zu wohnen. In ihrer Jugend war es ihr unvorstellbar erschienen, auf dem Land zu leben. Kaiserstein war ihr zu eng, zu ruhig, zu provinziell gewesen. Alles in allem der allerletzte Ort, an dem sie hätte leben wollen. Vierzig Jahre später sah die Sache ein wenig anders aus. Heute konnte sie sich durchaus wieder vorstellen, in Kaiserstein zu leben. Vielleicht wäre es sogar möglich, einen Teil des Hauses gewerblich zu nutzen und im Rest zu wohnen.

Aber was sollte sie dort tun? Sie könnte sich natürlich ein Büro einrichten. Vielleicht war Selbstständigkeit ohnehin die Lösung ihres Problems. Ein kleines, aber feines Immobilienbüro.

Oder sollte sie etwas ganz anderes machen? Ein Restaurant vielleicht? Die Idee mit den Kochkursen war gar nicht so übel, es mussten ja keine Rosenblätter sein, die man dort verkochte. Das hatte sie immer schon ziemlich albern gefunden. Dennoch, in der Taverne könnte man ein kleines, aber feines Restaurant unterbringen. Kein normales Hauben-Restaurant, das rechnete sich selten, schon gar nicht in dieser Gegend und so klein wie es war. Aber sie hatte da neulich im Fernsehen einen Bericht gesehen. Irgendwo im Piemont kochte ein Pensionist immer nur für zwei Personen. Er war für Monate ausgebucht.

Keine schlechte Idee, es könnten ja auch vier oder sechs Personen sein, dann würde sich das Ganze auch gleich viel besser rechnen. So etwas in der Art. Im Sommer konnte man vielleicht auch noch das Salettl vermieten für private Feiern. Möglicherweise könnte man auch ein Catering dazu anbieten.

Sie sah sich schon, wie sie in ihrem dunkelroten Dirndl, das sie erst einmal getragen hatte, geschäftig hin und her eilte. Als sie dann auch noch Werner neben sich auftauchen sah, stellte sie den Wasserhahn auf kalt. Wechselduschen sollten ohnehin sehr gesund sein.

*

Trotz der Kaltwasserkur faszinierte sie der Gedanke, das Rosenschlösschen selbst zu betreiben. Manch närrischer Gedanke war über Nacht, spätestens am nächsten Morgen, wieder verflogen, doch dieser überlebte nicht nur die Nacht, auch bei Tageslicht schien er ihr reizvoll – aber war er auch realistisch?

Ja, sie war eine begeisterte Hobbyköchin, und ihre Einladungen waren im Freundeskreis ebenso geschätzt wie ihre Rezeptsammlung, aber professionell zu kochen war eine ganz andere Geschichte. Anderseits, wenn sie ein vorher vereinbartes Menü für maximal sechs Personen kochte – wo war da der Unterschied?

Die Küche in der Taverne war wirklich professionell ausgestattet, das musste man dem Staller lassen, und sie gehörte jetzt ihr.

Kommenden Freitag würde sie für Werner kochen, als kleines Dankeschön für seine Berechnungen. Sie beschloss, es als Testessen zu betrachten, und machte sich auf der Stelle über ihre Kochbücher her. Sie besaß etwa hundert davon, die unzähligen Koch-Magazine noch nicht dazugezählt.

Es sollte ein Menü werden, das sich gut vorbereiten ließ und dennoch exklusiv war. Außerdem sollten die Rezepte zwar raffiniert wirken, aber nicht so kompliziert sein, dass sie ihre Fähigkeiten überforderten. Die Herstellung von selbstgemachtem Strudelteig oder das Entbeinen von Geflügel überließ sie lieber denen, die es gelernt hatten.

Genüssliche vier Stunden später hatte sie folgende Auswahl getroffen:

Gebratene Jakobsmuschel an grünem Spargel
Selleriesüppchen mit Trüffelöl
Kümmelbraten vom Waller auf Krautsalat
Rosa gebratene Schweinelende in Sherrysauce, Pappardelle
Schoko-Mangoparfait mit rosa Pfeffer auf Erdbeersalat

Am nächsten Morgen setzte sie sich wieder an ihren Schreibtisch. Doch anstatt sich mit Stellenangeboten und Bewerbungsschreiben herumzuplagen, durchstöberte sie das Internet nach Angeboten für Kochkurse und Saalmieten, anschließend verglich sie die Angebote diverser Catering-Firmen.

Als sie auf die Uhr sah, weil sie Hunger verspürte, war es später Nachmittag. Morgen würde sie eine Kosten-Nutzen-Rechnung erstellen.

Bis Donnerstagmittag hatte sie ein mehrseitiges Unternehmenskonzept erstellt, in dem es nur noch eine große Unbekannte gab: die Sanierungskosten.

Nachdem es vorerst nichts weiter zu tun gab, ging sie einkaufen und bereitete das Parfait für ihr morgiges Menü zu. Dabei notierte sie die Kosten des Einkaufes ebenso wie die aufgewendete Zeit.

Als Werner am Freitagabend, auf die Minute genau, klingelte, waren Suppe, Krautsalat und das Parfait fix fertig, alles andere so weit wie möglich vorbereitet – und sie selbst gespannt wie ein Regenschirm.

*

Der Abend verlief nicht nur ausgesprochen angenehm, sondern auch ohne jegliche Küchenpanne und nachdem Werner bereits jeden Gang ausführlich gelobt hatte, sagte er nach dem Dessert: „Ich danke dir, alles war wundervoll, und dieser Kümmelbraten vom Waller war ein Traum."

„Wundervoll genug, um es auch zahlenden Gästen vorzusetzen?"

Er sah sie verwundert an: „Willst du dich als Köchin verdingen?"

„Nicht ganz. Aber bevor ich dir jetzt die Ohren vollsinge, sag mir zuerst: Was ist mein Anwesen wert und wie hoch schätzt du die Sanierungskosten?"

„Die erste Frage ist leichter zu beantworten. Ich schätze das Objekt auf etwa fünfhunderttausend Euro."

Sie nickte, sie hatte mit einem ähnlichen Wert gerechnet.

„Die Frage nach den Sanierungskosten ist weit diffiziler, es gibt da verschiedene Möglichkeiten, aber eine solide Sanierung wird vermutlich nicht unter dreihunderttausend Euro machbar sein. Alles darunter ist Flickwerk. Aber ob sich das rechnet, kann ich dir nicht sagen."

Während er sprach, hatte sie ihren Laptop hochgefahren. Nun lächelte sie geheimnisvoll: „Ich möchte dir etwas zeigen."

Dann präsentierte sie ihm ihren Business-Plan.

Es war noch ein langer Abend geworden und als Werner gegangen war, konnte sie lange nicht einschlafen.

Demgemäß mies ging es ihr am nächsten Morgen.

„Das letzte Glas muss schlecht gewesen sein", murmelte sie, als sie sich im Spiegel betrachtete. Sie kochte sich eine Tasse Tee, presste sich ein

Glas frischen Orangensaft und aß eine trockene Semmel, danach ging es ihr besser. Werners Auto stand auch immer noch vor dem Haus, er war mit dem Taxi nach Hause gefahren.

Langsam kehrte ihre Energie zurück. Was sie jetzt brauchte war ein langer Spaziergang. Rasch entschlossen zog sie sich an und machte sich auf den Weg in die Lobau. Sie musste nachdenken.

Spargelsüppchen mit Garnelenspieß

300 g Spargel
30 g Butter
1 Schalotte
20 g Mehl glatt
¼ l Schlagobers
4–8 oder 12 Garnelen, nach Größe und Laune
Evtl. etwas Chiliöl

Den geschälten Spargel in 1 l Salzwasser (mit einer Prise Zucker) weich kochen, den Spargelsud abseihen und zur Seite stellen, Spargelköpfe abschneiden (als Einlage), den restlichen Spargel in Stücke schneiden.
Butter schmelzen, Mehl beigeben, anschwitzen lassen, vom Herd nehmen, mit Suppe und Obers aufgießen, glattrühren, Spargelstücke zugeben und etwa 25–30 Minuten köcheln lassen. Mit einem Stabmixer mixen, passieren und würzen.
Garnelen auf einen Spieß stecken und mit der Suppe servieren.
Wer es etwas schärfer mag, kann die Garnelen davor in etwas Chiliöl marinieren.

Als der Staller ihr die Schlüssel für das Rosenschlösschen in die Hand drückte, stand ihr Plan fest. Sie würde sich nicht länger dumm anreden lassen, weil sie in ihrem Alter eine neue berufliche Herausforderung suchte. Sie würde ihr eigener Chef sein.

Der Businessplan stand und die Bank hätte ihr sogar eine Hypothek für die Sanierung gewährt, aber davon wollte Susanne nichts wissen, denn berücksichtigte man die Zinsen, rechnete sich die Sache nicht mehr.

Sie stopfte den riesigen Schlüsselbund in ihre Handtasche und machte sich auf den Weg zu Tante Anna, die sie bereits vor dem Haus erwartete. Sie trug ihr gutes dunkelblaues Kostüm, dazu eine gelbe Bluse und einen dunkelblauen Strohhut. Susanne hatte sie zum Essen in den Golfclub eingeladen. Was sie ihr zu sagen hatte, wollte sie ihr erstmal allein erzählen. War nicht notwendig, dass Nina dabei war.

Es war ein angenehmer Frühlingstag, sie bekamen einen Tisch auf der Terrasse und wählten beide das Spargel-Menü.

Susanne bestellte Campari-Soda für sich und Sherry für Tante Anna. Als der Kellner die Getränke brachte, sagte sie: „Lass uns auf die Zukunft anstoßen!"

„Du machst es heute aber spannend."

Susanne hatte so ein bestimmtes Gefühl, dass Tante Anna ihren Plan nicht begrüßen würde. Als Lehrerin war sie zeitlebens Beamtin gewesen, wirtschaftliches Risiko war nicht so ihre Sache.

„Ich plane einige Veränderungen in meinem Leben."

„Willst du endlich wieder heiraten? Den netten Architekten vielleicht, den du letztes Mal mitgebracht hast?"

Susanne schüttelte lachend den Kopf.

„Mit dem Architekten hat es schon zu tun. Ich will ihn aber nicht heiraten …"

„Schade", murmelte Tante Anna.

Susanne lächelte, war ja klar, dass ihre Tante das so sehen würde. Dann fuhr sie fort: „Ich werde ihn mit der Sanierung des Rosenschlösschens beauftragen."

Der Kellner brachte die Spargelcremesüppchen.

„Mahlzeit."

Eine Zeitlang löffelten sie schweigend. Die Suppe schmeckte einfach köstlich und wurde mit einem Spieß aus Spargelstücken und knackigen Garnelen serviert.

„Wird das nicht teuer?", fragte Tante Anna.

„Sehr teuer sogar. So teuer, dass ich meine Eigentumswohnung verkaufen werde."

„Ja, spinnst du jetzt?" Tante Anna hatte in der Bewegung innegehalten.

„Keine Aufregung. Ich behalte ja noch die beiden kleinen Vorsorge-Wohnungen."

„Und wo wirst du wohnen?"

„Ich werde ins Rosenschlösschen ziehen, Kochkurse mit Spitzenköchen organisieren und in der Taverne für zahlende Gäste kochen."

Ihre Tante beäugte sie misstrauisch: „Bist du krank? Vielleicht Gehirnerweichung?", dabei wedelte sie mit der Hand vor der Stirn.

Susanne lachte laut auf. Sie mochte den bissigen Humor ihrer Tante.

*

Dann ging alles Schlag auf Schlag. Susanne beauftragte einen Immobilienmakler mit dem Verkauf ihrer Wohnung, packte zusammen, was sie für die nächsten Tage brauchen würde, und fuhr damit zu Tante Anna. Dort richtete sie sich, von Nina misstrauisch beäugt, im Gästezimmer ein. Konnte nicht schaden, wenn sie hier nach dem Rechten sah.

Im Rosenschlösschen richtete sie sich in der Taverne eine Art Baubüro ein, denn die Taverne war der einzige Teil des Gebäudes, in dem keine grundlegenden Renovierungsarbeiten stattfanden. Lediglich ein neuer Anstrich und ein paar Verschönerungsarbeiten waren vorgesehen, aber das hatte noch Zeit.

Werner hatte für jedes Gewerk ein Leistungsverzeichnis ausgearbeitet, auf dessen Grundlage sie nun die Verhandlungen mit den Professionisten führte. So war ihre Zusammenarbeit auch früher verlaufen, damit kannte sie sich aus.

Sie war für ihre knallharten Verhandlungen bekannt gewesen, doch nun musste sie die Erfahrung machen, dass es sich mit einem börsennotierten Milliardenunternehmen im Rücken einfach leichter verhandelt hatte. Außerdem gingen die Uhren hier offenbar anders.

Die örtlichen Professionisten waren nicht nur sturer, was die Preisverhandlungen betraf, sie waren vor allem deutlich weniger dienstfertig. Es konnte schon vorkommen, dass Susanne für morgens um neun einen Termin vereinbart hatte, der Handwerker aber erst nachmittags um drei erschien.

„Vermutlich glauben sie einfach nicht daran, dass jemand so viel Geld in den alten Kasten steckt", meinte Tante Anna.

Aber das spornte Susanne nur noch mehr an. Die würden sich alle noch wundern!

Dazwischen plante sie die ersten Kochseminare, erstellte Präsentationsmappen, ließ Flyer drucken und eine Website erstellen. Sie war einfach in ihrem Element.

Zukunftssorgen hatten andere, sie hatte zu tun.

*

Das Einzige, was ihre gute Laune gelegentlich etwas trübte, war das Zusammenleben mit Nina und Felix, wobei Felix das kleinere Problem war. Er schien zwar eine angeborene Aversion gegen Ordnung und Sauberkeit zu haben, aber Tante Anna versicherte glaubhaft, dass das für Buben in seinem Alter nicht ungewöhnlich sei. Außerdem ließ er wenigstens mit sich reden.

Nina war ein anderer Fall.

Susanne ärgerte weniger das, was sie tat, mehr ärgerte sie, was Nina sagte, aber am meisten ärgerte sie ihre Unpünktlichkeit.

Das Chaos begann schon am Morgen, weil Nina entweder überhaupt vergaß den Wecker zu stellen oder diesen abstellte und einfach weiterschlief. Ohne Tante Annas Eingreifen wäre Felix mehr als einmal zu spät zur Schule gekommen.

Da die Volksschule drei Kilometer entfernt war und Felix den Schulbus zumeist versäumte, brachte Nina ihn zur Schule und versprach regelmäßig, ihn auch abzuholen – was sie ebenso regelmäßig vergaß.

Auch der Weg von der Schule zur Werkstätte war mit so manchem Stolperstein gepflastert. Da war einmal der Supermarkt. Einkaufen gehörte zwar zu Ninas Pflichten, doch konnte es schon passieren, dass sie eine Freundin traf, mit der sie sich im nahegelegenen Café verplauderte.

Oder das Wetter war schön und sie beschloss, im Wald nach ein paar Naturmaterialien zu suchen, aus denen sie, zugegebenermaßen, wundervolle Gestecke zauberte, von denen sie ab und zu sogar eines verkaufen konnte. An solchen Tagen war jeglicher Zeitplan außer Kraft gesetzt.

Außerdem fand Susanne, der Aufwand stünde in keinem Verhältnis zum Ertrag.

„Na und, muss sich alles im Leben rechnen?", fragte Nina.

„Wenn man für sich und ein Kind zu sorgen hat, ist die Frage eindeutig mit Ja zu beantworten", antwortete Susanne dann – schon war der schönste Streit im Gange.

„Nichts und niemand wird mich dazu bringen, mich dem kapitalistischen System zu unterwerfen", giftete Nina.

„Sie sind Teil des Systems, ob es Ihnen passt oder nicht. Die Frage ist doch nur, ob man Erfolg darin hat."

„Nichts wünsche ich mir weniger."

„Unsinn, jeder will erfolgreich sein."

„Fragt sich nur wobei."

Solche und ähnliche Debatten führten sie ständig.

Gute Nachrichten kamen hingegen aus Wien. Die Maklerin hatte einen höheren Kaufpreis für ihre Wohnung erzielt, als Susanne sich hätte träumen lassen. Das versetzte sie in die Lage, Baustufe zwei, den Ausbau von drei Gästezimmern im Hoftrakt, auch gleich anzugehen, nur der Spa-Bereich musste noch warten.

„Gästezimmer – so ein Unsinn", hatte Tante Anna gesagt. „Wer will denn hier schon Urlaub machen?"

„Wieso denn nicht? Die Gegend ist doch sehr hübsch. Aber ich brauche die Zimmer auch für meine Starköche und der eine oder andere Gast wird gerne hier übernachten – vor allem, weil wir unser Spezialitäten-Menü mit Weinbegleitung anbieten."

Außerdem plante sie – für besonders Betuchte – Spezial-Seminare nach dem Motto „rent a star". Dabei sollten die Hobbyköche die Möglichkeit erhalten, mit einem Sternekoch ihr Wunschmenü zu kochen und dieses im Anschluss mit geladenen Gästen zu verzehren.

„Wenn das nur gut geht", murmelte Tante Anna und widmete sich wieder ihren Rosen.

Topfenauflauf

200 g Topfen (20 % Fett)
2 Dotter
2 Eiweiß
1 unbehandelte Zitrone
70 g Zucker
½ Vanilleschote
Zucker und Butter für die Form

Topfen mit Dotter, Vanillemark und der abgeriebenen Zitronenschale glattrühren. Das Eiweiß mit einer Prise Salz aufschlagen, nach und nach den Zucker beigeben, zum Schluss eine Minute auf höchster Stufe schlagen.
Erst ein Drittel des Eischnees unter die Topfenmasse ziehen, dann den Rest vorsichtig unterheben.
Förmchen mit Butter auspinseln, mit Zucker bestreuen und mit der Topfenmasse befüllen. Ins Wasserbad setzen und 20–25 Minuten im Ofen garen.

Während die ersten Handwerker mit den Umbauarbeiten begannen, korrespondierte Susanne mit namhaften Spitzenköchen.
„Pfau", entfuhr es ihr, als sie das Angebot eines bekannten Haubenkochs las. Gut, der Mann war ziemlich bekannt und gerne gesehener Gast in diversen Fernseh-Kochshows, aber bei dem Preis müsste sie ihre Klienten aus den Reihen russischer Oligarchen oder saudi-arabischer Ölmultis suchen – auch keine schlechte Idee – vielleicht später einmal.
„Was erstaunt dich denn so?", fragte Werner, der eben ihr Baubüro betrat.
„Sieh dir das mal an", sie hielt ihm das ausgedruckte Mail entgegen. „Ich fürchte, fürs Erste muss ich mit der örtlichen Kochprominenz vorlieb nehmen."
Er warf einen kurzen Blick darauf: „Nicht schlecht", lächelte er.

„Vielleicht haben wir den falschen Beruf."

„Ich bestimmt nicht", entgegnete er sanft.

„Wie kannst du da so sicher sein? Oder zahlt dir jemand viertausend Euro dafür, dass du ihm erklärst, wie man ein paar Ziegel aufeinanderschichtet."

„Wohl kaum, aber dafür darf ich schöne alte Schlösser umbauen."

„Sprichst du von diesem hier?"

Er nickte.

„Du schmeichelst meiner Eitelkeit, weißt du das?"

„Sicher."

Das mochte sie so an ihm. Diese Mischung aus absoluter Ehrlichkeit und ein klein wenig Schalk. Wobei Ehrlichkeit – na ja, wenn sie da an die langbeinige Schwarzhaarige dachte ...

Dennoch: Wenn sie je jemanden kennen gelernt hatte, von dem man sagen konnte, dass er ganz in sich ruhte, dann war das Werner. Er äußerte seine Überzeugungen ruhig und gelassen, wurde nie laut und brachte selbst den ruppigsten Maurer mit einem Blick dazu, sich die Schuhe auszuziehen, bevor er ihr Baubüro betrat. Sie freute sich immer ihn zu sehen und versäumte keine Gelegenheit, ihn noch ein wenig länger in ihrer Umgebung zu haben. Deswegen sagte sie nun: „Apropos Kochprominenz. Ich möchte in den nächsten Tagen ein paar Restaurants ausprobieren. Hast du Lust mitzukommen?"

„Gerne. Sehr, sehr gerne."

*

Susanne fand an Nina ja manches erstaunlich, am erstaunlichsten aber fand sie, dass Nina kochen konnte.

Ninas kleine Dachwohnung verfügte zwar über eine winzige Kochnische, aber die reichte gerade dazu aus, Frühstück zu machen. Deshalb hatte es sich schon vor Susannes Einzug eingebürgert, dass Nina und Tante Anna sich den Küchendienst teilten. Wobei teilen nicht ganz das richtige Wort war, denn Nina kochte nicht allzu oft, aber was sie machte schmeckte wirklich gut.

Susanne hatte angeboten, sich diesem Wechseldienst anzuschließen, aber niemand interessierte sich dafür. Also beschränkte sie sich darauf, gelegentlich Lebensmittel mitzubringen.

Tante Anna kochte Grießschmarren mit Kompott, Beuschel mit Knödel oder Krautfleisch. Nina hingegen machte Spinatknödel, Fleischstrudel oder Flammkuchen.

Susanne hätte das gemeinsame Essen wirklich genossen, wären da nicht die ständigen Reibereien mit Nina gewesen.

Diesmal hatte Tante Anna Fleischknödel gemacht, Susannes Lieblingsknödel. Sie machte sie aus einem flaumigen Kartoffelteig und füllte sie mit Faschiertem.

Als Felix seinen Knödel zerschneiden wollte, sagte Susanne: „Das ist ja barbarisch", und zeigte ihm, wie man einen Knödel auseinander riss. Doch beim Versuch, es ihr gleich zu tun, kugelte der Knödel auf das Tischtuch.

„Hoppla", lachte sie.

„Super", ärgerte sich hingegen Nina und bugsierte den Knödel wieder auf seinen Teller. Wahrscheinlich hätte Nina dem Vorfall keine weitere Bedeutung zugemessen, hätte Susanne nicht mit einem Lachen reagiert.

„Das kommt von diesem Affengetue um irgendwelche saublöden Tischmanieren", giftete Nina. „Solange Felix nicht mit den Fingern isst, kann er essen wie er will. Felix, du kannst deinen Knödel wieder schneiden."

„Aber es schmeckt einfach besser, wenn man den Knödel auseinander reißt."

„Quatsch mit Soße", gab Nina zur Antwort und zerschnitt aus Protest den zweiten Knödel auf ihrem Teller, nachdem sie den ersten zerrissen hatte.

„Außerdem geben Sie Ihrem Kind ein denkbar schlechtes Vorbild."

Endlich war es gesagt. Das wollte sie schon lange loswerden.

„Meinen Sie?", fragte Nina honigsüß.

„Ja, das meine ich."

„Es ist mir aber verdammt egal, was Sie meinen. Was andere von mir denken, ist nicht mein Bier. Ihres übrigens auch nicht."

„Mir ist es aber nicht egal, nicht, solange sie im Hause meiner Tante wohnen!"

„Schluss jetzt!", donnerte die Tante.

*

„Ich nehme das Sülzchen vom Waller auf Blattsalat und dann das Filet vom Milchkalb", orderte Susanne nach einigem Überlegen.

Werner bestellte Lungenstrudelsuppe und Rindersteak mit Rosmarinkartoffel und Ratatouille. Dann wandte er sich wieder Susanne zu: „Was ist denn so schlimm an dieser Nina?"

„Du meinst, von den lila Haaren mal abgesehen? Ich glaube, am meisten ärgert mich ihr Ton."

„Sie ist etwas aufmüpfig, ja gut, aber soviel ich verstanden habe, kümmert sie sich ganz allein um ihren Sohn, geht einer Beschäftigung nach und kann sogar kochen." Bei den letzten Worten hatte er ihr zugezwinkert.

„Kochen kann sie, das ist wahr. Gestern hat sie einen Topfenauflauf gemacht, der war Weltklasse. Aber sonst? Na gut, sie kümmert sich um Felix, aber das ist schließlich ihre verdammte Pflicht und Schuldigkeit. Es weiß übrigens kein Mensch, wer der Vater ist. Vermutlich weiß sie es selbst nicht genau."

Werner schien nachzudenken, ehe er fragte: „Bist du da ganz sicher?"

Ganz sicher war sie natürlich nicht, also antwortete sie ausweichend: „Und was die Beschäftigung angeht: Eine Beschäftigung ist es wohl, aber davon könnte sie niemals leben. Sie bezahlt ja bei meiner Tante keine Miete und ich bin ziemlich sicher, dass Tante Anna auch für die Lebensmittel aufkommt."

„Hätte Nina hier in der Region überhaupt eine Chance, einer anderen Arbeit nachzugehen?"

Susanne zuckte die Schultern und wechselte das Thema. „Kannst du dich an Nora Winter erinnern?"

„Peters Sekretärin?"

Sie nickte. „Sie hat mich gestern angerufen. Man erzählt sich in der Branche, der Baulöwe hätte Peter erpresst."

„Nun ja, etwas Ähnliches haben wir ja auch schon vermutet, aber womit?"

„Da scheint sich die Gerüchteküche noch nicht einig zu sein. Die einen sprechen von finanziellen Manipulationen an der Börse, Stichwort Insidergeschäfte. Andere wollen etwas von einer Freundin wissen. Ich kann zwar beiden nicht recht glauben, aber Fakt ist doch, dass er ursprünglich beabsichtigt hat, den Geschäftsführerposten abzugeben und Chef des Verwaltungsrates zu werden."

Werner nickte, nahm einen Schluck Wein und sagte bedächtig: „Das hat er mir auch erzählt. Etwa eine Woche, bevor er verschwunden ist."

„Zu blöd, dass ich zu der Zeit gerade auf Urlaub war. Als ich zurückkam, war er schon weg."

Werner schien das zu bedenken. „Genau das irritiert mich an der Geschichte. Ich meine, du hast viele Jahre für ihn gearbeitet, ihr habt euch gut verstanden. Da geht man doch nicht einfach so ab."

„Du hast recht", seufzte sie. „Im Grunde wissen wir jetzt auch nicht mehr."

*

Anfang August wurde es brütend heiß.

„Gerade jetzt muss ich in die Stadt fahren", moserte Susanne.

Sie hatte gerne in der Stadt gelebt, aber im Hochsommer hatte sie immer versucht ihr den Rücken zu kehren. In den letzten Jahren war sie mehrfach im Norden gewesen. Gemeinsam mit Doris hatte sie Norwegen, Schweden und Finnland bereist. Für heuer hatten sie das Baltikum auf dem Programm gehabt, aber nun hatte Doris wieder einen Liebhaber. Einen Finanzbeamten, der überhaupt nicht zu ihr passte. Doris und ein Finanzbeamter! Das konnte ja nicht gut gehen, fand Susanne. Wie dem auch sei, jedenfalls reisten die beiden nun durch die Toskana.

Besser so. Durch den Umbau hätte sie ohnehin keine Zeit gehabt, um Urlaub zu machen, und auf dem Land ließ sich der Sommer etwas leichter ertragen – ihre Klimaanlage fehlte ihr trotzdem. Sie hatte zwar beschlossen, die Taverne und ihre Wohnung klimatisieren zu lassen, aber für heuer kam das wohl zu spät.

Widerstrebend packte sie ein paar Sachen zusammen. „Übermorgen bin ich wieder da", sagte sie und verabschiedete sich von Tante Anna: „Fahr vorsichtig", mahnte die, und Felix, der sich ebenfalls zu ihrer Verabschiedung eingefunden hatte, rief: „Tante Susi, bringst du mir auch etwas mit?"

Felix nannte sie seit Neuestem ‚Tante Susi'. Also, ihre Idee war das nicht gewesen.

„Mal sehen", rief sie zurück, und fuhr winkend davon.

Es war früher Vormittag und auf der Autobahn angenehm wenig Verkehr, Zeit, um noch einmal ihre Termine im Geist durchzugehen.

Heute Mittag würde sie sich mit den Wohnungskäufern treffen, um zu besprechen, welche Einrichtungsgegenstände in der Wohnung bleiben konnten. Danach musste sie mit dem Spediteur telefonieren. Morgen Vormittag sollte dann der Kaufvertrag unterschrieben werden, anschließend würde sie mit Werner Bodenbeläge und Vorhänge für das Rosenschlösschen aussuchen und abends war sie bei Doris eingeladen.

Den Rest der Zeit musste sie wohl oder übel dazu verwenden, weitere Kartons einzupacken.

Als sie in Wien aus dem Auto stieg, schlug ihr ein Schwall Hitze entgegen, und sie beeilte sich in ihre Wohnung zu kommen. Dort war es angenehm kühl. Gut, dass sie ihre Putzfrau von ihrem Kommen verständigt hatte. Frau Pospischill, die Gute, hatte in ihrer Abwesenheit nicht nur die Blumen versorgt, gelüftet und bereits sämtliches Geschirr eingepackt, sie hatte auch daran gedacht, die Klimaanlage einzuschalten. Wirklich schade, dass sie auf Frau Pospischill in Zukunft verzichten müsste. Hoffentlich fand sie für das Rosenschlösschen auch bald so eine Perle.

Sie schlenderte durch die Räume, die so viele Jahre ihr Zuhause gewesen waren. Komisch, dass sie so wenig Abschiedsschmerz empfand; dabei hatte sie gerne hier gewohnt.

Die hofseitige Terrasse war ebenso angenehm gewesen wie der große Wohnraum mit der offenen Küche, die sie erst vor zwei Jahren neu eingerichtet hatte. Die zumindest hatte sie bereits mitverkauft. Nun hoffte sie inständig, dass die Käufer auch noch andere Möbelstücke übernehmen würden, am besten gleich alle. Diese modernen Stücke würden sich im Rosenschlösschen etwas fremd ausnehmen. Außerdem wollte sie sich neu einrichten. Ein ganz neues Leben. Ein neuer Job, eine neue Wohnung – ein neuer Mann?

Sie seufzte und ging weiter. Das häufige Zusammensein mit Werner ließ ganz neue Wünsche in ihr entstehen. Nachdem sie ihr Single-Dasein jahrelang durchaus genossen hatte, sehnte sie sich nun nach Zweisamkeit und Beständigkeit. Dabei hatte sie ihn immer noch nicht auf die schwarze Schönheit angesprochen. Fürchtete sie die Antwort so sehr?

Es klingelte. Wurde aber auch Zeit, dass hier etwas weiterging, bevor sie noch sentimental wurde.

Moussaka

1 große Aubergine
500 g Kartoffel
400 g Tomaten
200 g Zwiebel
500 g Faschiertes (halb Rind/halb Lamm)
6 Eier
⅛ l Milch
frischen Thymian
Frischen Rosmarin
Olivenöl
Salz, Pfeffer

Die Aubergine in etwa ½ cm dicke Scheiben schneiden (am besten mit einer Schneidmaschine), salzen und etwa 20 Minuten ziehen lassen.
Kartoffel schälen und in 2–3 mm Scheiben schneiden.
Auflaufform mit Olivenöl auspinseln und mit den Kartoffelscheiben belegen, Salz, Pfeffer und Rosmarinnadeln darüber streuen und etwa 25 Minuten bei 200 Grad im Rohr garen.
Tomaten häuten und in Scheiben schneiden. Zwiebel und Knoblauch würfeln.
Olivenöl erhitzen, Zwiebel und Faschierte darin anbraten, Knoblauch dazugeben, mit Thymian, Salz und Pfeffer würzen und über die Kartoffel geben.
Auberginen trocken tupfen, in Olivenöl anbraten und abwechseln mit den Tomatenscheiben dachziegelartig auf das Faschierte schichten. Salzen, pfeffern und mit den restlichen Rosmarinnadeln bestreuen.
Eier und Milch verquirlen, salzen, pfeffern und über das Moussaka gießen. Bei 200 Grad etwa 30 Minuten backen.

Zwei Tage später zog Susanne zufrieden Bilanz: Sie hatte einen Großteil ihrer Möbel verkauft, den Rest würde der Spediteur, gemeinsam mit über hundert Kartons ins Rosenschlösschen bringen. Außerdem hatte sie die Käufer davon überzeugen können, die Wohnung erst im Herbst zu beziehen, was ihre eine Zwischenlagerung in einem Depot ersparte, und sie freute sich wie ein Kind auf den Tag, an dem sie die Taverne eröffnen konnte, denn sie hatten einfach traumhafte Vorhänge bestellt und der Parkettboden, den sie gemeinsam mit Werner ausgesucht hatte, würde der Taverne endlich jenes Flair verleihen, das sie verdiente.

Lächelnd bog sie in den Bachweg ein, der zu Tante Annas Haus führte. Als ihr auf der linken Straßenseite eine Horde Kinder auffiel, drosselte sie das Tempo. Was war denn hier los? Offenbar prügelten sich einige und die anderen sahen zu. Als sie näherkam, erkannte sie, dass zwei deutlich größere auf einen kleineren losschlugen – der kleinere war Felix.

Sie hielt an, sprang aus dem Auto und fasste – ohne nachzudenken – einen der Prügelnden am Kragen.

„Spinnt ihr?"

„Hau ab, Tante", maulte der.

Wumm, hatte Susanne ihm eine gescheuert.

Sie schnappte Felix am Arm und zog ihn wortlos zum Auto. Er blutete aus der Nase, schien aber sonst – allerdings im wahrsten Sinne des Wortes – mit einem blauen Auge davon zu kommen.

„Was war los?", fragte sie scharf.

„Die sind auf mich losgegangen."

„Einfach so?"

Er gab keine Antwort. In der Zwischenzeit waren sie vor Tante Annas Haus angekommen. Als Tante Anna, die wie immer im Garten arbeitete, Felix sah, rief sie: „Ja Bub, was ist denn mit dir passiert? Du blutest ja. Komm her, wir gehen gleich ins Bad." Und an Susanne gewandt: „Was war denn?"

Susanne zuckte nur mit den Achseln, doch Felix antwortete: „Der blöde Kurt wollte mich fertig machen, aber Tante Susi hat ihm eine gescheuert!"

„Du hast dich mit denen geprügelt?", fragte Tante Anna ungläubig.

„Nicht direkt", antwortete Susanne. „Leider weiß ich immer noch nicht, was der Grund für die Auseinandersetzung war."

Es dauerte eine Zeit, aber nachdem Felix verarztet und Tante Anna in die Küche gegangen war, gestand er ihr, warum er sich geprügelt hatte. Nach dem Abendessen verbannte Nina ihn wegen der Rauferei in sein Zimmer.

„Weißt du eigentlich, warum er sich geprügelt hat?", fragte Tante Anna.

„Interessiert mich nicht. Er soll nicht raufen, Ende der Durchsage."

„In diesem Fall sollte es Sie aber interessieren", fuhr Susanne dazwischen. „Er hat sich geprügelt, weil ein gewisser Kurt Sie eine lila Schlange nannte."

Susanne vermutete ja, dass Felix sich ohnehin verhört hatte – vermutlich kam das Wort Schlampe in seinem Wortschatz noch nicht vor –, aber das behielt sie lieber für sich, Nina sah auch so schon nach Mordlust aus.

„Na, der kann was erleben", stieß sie hervor.

„Willst du dich jetzt auch noch prügeln?", fragte Tante Anna. „Brauchst du nicht, Susanne hat ihm schon eine Ohrfeige verpasst."

Nina schnappte nach Luft.

„Sie haben ... dem Kurt ... der ist doch ... so groß. Respekt! Hätt' ich Ihnen gar nicht zugetraut. Also ... eigentlich wollte ich sagen ... danke."

„Gern geschehen. Aber vielleicht sollten Sie sich, aus gegebenem Anlass, fragen, ob es nicht an der Zeit wäre, endlich erwachsen zu werden."

Die Mordlust schien in Ninas Augen zurückzukehren.

„Und was hätte ich davon, oder gar Felix?"

„Das müssen Sie sich schon selber beantworten."

Am nächsten Tag schloss sich Nina für ganze zwei Stunden im Bad ein. Als sie herauskam war ihr Haar schwarz – mit zwei versteckten lila Strähnchen.

Zu Felix sagte sie: „Wenn jetzt einer sagt, ich sei eine schwarze Schlange, dann sagst du einfach ja – und fertig. Verstanden?"

Und dann machte sie ihnen „Moussaka à la Nina".

„Köstlich!", schwärmte Susanne. „So gutes Moussaka habe ich noch nie gegessen. Wieso können Sie eigentlich so gut kochen?"

„Liegt möglicherweise daran, dass ich es gelernt habe", gab Nina patzig zurück.

„Sie sind Köchin? Aber dann ..."

„Nein, bin ich nicht, ich war auf der Tourismus-Fachschule."

„Dann haben Sie ja Matura", sagte Susanne mit Anerkennung in der Stimme. Komisch, sie hatte nie nach Ninas Ausbildung gefragt, war einfach davon ausgegangen, dass sie keine hatte.

„Deswegen kann ich ja auch lesen und schreiben", ätze Nina.

Susanne beschloss, den kämpferischen Unterton zu überhören.

„Mit diesem Moussaka könnten Sie bei mir zur Gastköchin der Woche werden."

Nina zuckte nur die Schultern, doch ihre Augen strahlten, als sie antwortete: „Warum nicht? Wenn die Mäuse stimmen."

Strammer Max mit Wachtelei

12 Scheiben Weißbrot
etwas Butter
6 Scheiben Schinken – nach Geschmack
12 Wachteleier
Olivenöl
Salz
Pfeffer aus der Mühle
diverse Wildkräuter zum Garnieren

Die Weißbrotscheiben auf einer Seite etwas anrösten und mit Butter bestreichen.
Die Schinkenscheiben halbieren, in einer Pfanne von beiden Seiten leicht anbraten und auf die gebutterte Seite des Weißbrotes legen.
In einer beschichteten Pfanne etwas Olivenöl geben, die Wachteleier mit viel Gefühl aufschlagen, in die kalte Pfanne gleiten lassen und langsam braten.
Mit Salz und Pfeffer würzen und auf die Brotscheiben gleiten lassen.
Mit den Wildkräutern garnieren.

Zwei Wochen nach Schulbeginn waren die wesentlichen Umbauarbeiten fertig, lediglich in den Gästezimmern im Hoftrakt wurde noch gearbeitet. Im Wohnbereich, der Taverne und in der Seminarküche aber waren die Bauarbeiten abgeschlossen. Das Rosenschlösschen erstrahlte, innen wie außen, im neuen Glanz.

Werner und sie hatten ganze Arbeit geleistet – sie waren ein tolles Team gewesen.

Außerdem hatte sie eine neue Haushaltsperle, Frau Gruber. Seit die im Rosenschlösschen Einzug gehalten hatte, machte Susanne die Übersiedlung gleich doppelt so viel Spaß.

Die Einweihungsparty war für das letzte September-Wochenende angesetzt, weil diese Zeit in der Region – üblicherweise – als besonders stabile Wetterphase galt.

Für Freitag hatte Susanne Freunde und Bekannte eingeladen, am Samstag sollte dann der erste Kochkurs stattfinden.

Nora und einige andere Freunde hatten es sich nicht nehmen lassen, diesen Kurs zu buchen. Ihr sollte es recht sein, wenn alles gut ging, würden sie zu ihren ersten Werbeträgern werden.

Dennoch hatte sie nichts dem Zufall überlassen. Die lokale Presse war eingeladen, auf Facebook hatte sie an die 400 Friends gesammelt und 267 Follower folgten ihr auf Twitter. Sie alle waren verständigt worden.

Außerdem hatte sie mit dem Besitzer des Dorfkrugs Sonderkonditionen ausgehandelt, nicht nur für jetzt, auch für später, denn im Rosenschlösschen waren bislang nur drei Gästezimmer entstanden. Weitere Zimmer und der Spa-Bereich mussten vorerst noch warten.

Dafür hatte Susanne sich eine Alarmanlage geleistet.

Sie lebte nun schon viele Jahre allein, doch eine Wohnung in der Stadt und ein Haus etwas außerhalb von Kaiserstein waren zwei gänzlich verschiedene Paar Schuhe. Mit der Alarmanlage würde sie sich sicherer fühlen. Als sie dann am Tag der Übersiedlung das erste Mal allein im Rosenschlösschen nächtigte, war sie allerdings so hundemüde gewesen, dass sie noch während des Fernsehens eingeschlafen war und erst am nächsten Morgen wieder erwachte, um festzustellen, dass sie vergessen hatte, die Alarmanlage einzuschalten.

Das war auch gut gewesen, denn kaum hatte sie die Anlage am nächsten Abend eingeschaltet, ging mit einem Höllenlärm die Sirene los, die sich so leicht nicht wieder abschalten ließ.

Die Servicefirma kam drei Tage später. Ein Akku wäre leer gewesen, jetzt sei alles in bester Ordnung.

Dennoch verzichtete Susanne vorerst auf weitere Experimente, sie hatte sich in der Zwischenzeit daran gewöhnt, allein im Haus zu sein.

*

Für den ersten Kochkurs hatte sie einen Zwei-Hauben-Koch aus der Region engagiert, der auch das Catering für das Eröffnungsfest am Freitag ausrichten würde. Fingerfood für Anspruchsvolle hatte sie bestellt und auf dem Programm standen: Gefüllte Mini-Kürbisse, Rösti mit Lachs, Brezenhappen mit Gänseleber, Strammer Max mit Wachtelei, gebackene Haxerln vom Stubenküken und gratinierte Jakobsmuscheln.

„Nobel geht die Welt zugrunde", lästerte Tante Anna, als sie ihr die Menükarte vorlas. „Was kostet der Spaß?"

Susanne nannte eine Zahl, etwa die Hälfte der tatsächlichen Rechnung.

„Mein Gott, du hast ja nicht alle Tassen im Schrank."

„Lass mich doch. Ich feiere den Beginn meines neuen Lebens!"

Tante Anna konnte dieses Argument offenbar nicht überzeugen. Sie fummelte mit der Hand vor der Stirn, eine ebenso eindeutige wie altbekannte Geste, und ging wortlos davon.

Auch Nina hatte für derartige Veranstaltungen nur Verachtung über.

„Alle Welt steuert auf einen Mega-Crash zu und die Bourgeoisie feiert", meinte sie verächtlich.

Doch als Susanne ihr – für zwanzig Euro die Stunde – die Sorge um den Getränkeservice übertrug, sagte Nina überraschend zu und versprach sogar, sich ordentlich anzuziehen. Dennoch hatte Susanne diesbezüglich kein allzu gutes Gefühl. Vermutlich hätte sie präziser definieren sollen, was sie unter ‚ordentlich' verstand.

*

Auch wenn Tante Anna mit den Kosten nicht ganz einverstanden sein mochte, war sie am Freitag pünktlich zur Stelle.

„Wo bleibt denn Nina?", fragte Susanne und sah zum x-ten Mal auf ihre neue Swarowski-Uhr.

„Hast du sie etwa eingeladen?", fragte Tante Anna erstaunt.

„Nein, aber eingestellt. Sie macht den Getränkeservice."

„Ach, deshalb hat sie sich von mir eine weiße Bluse ausgeborgt."

Susanne schwante Übles.

Nina erschien eine halbe Stunde später als vereinbart, aber immerhin noch zehn Minuten vor dem ersten Gast.

„Wo bleiben Sie denn so lange?", zischte Susanne.

„Stay cool, bin ja schon da. Musste erst noch Felix bei seinem Freund abgeben. Oder hätte ich ihn mitbringen sollen?"

Susannes feine Nasenflügel blähten sich, doch sie ersparte sich die Antwort. Nina würde es ohnehin nie begreifen.

Immerhin sah sie einigermaßen zivil aus. Sie trug schwarze, hautenge Jeans, vermutlich aus eigenen Beständen, dazu einen dunkelroten Blazer, der Susanne an Claudias ehemalige Schuluniform erinnerte, und Tante Annas weiße Spitzenbluse, die sie in der Taille lässig mit einem Gürtel gerafft hatte. Seit Nina ihr Haar wieder schwarz trug, verzichtete sie auch auf den rosaroten Lidschatten. Stattdessen trug sie heute einen rosefarbenen Lippenstift, und während Nina sich auf ihrem Getränkestand umsah, dachte Susanne: eigentlich eine hübsche Person, und dumm ist sie auch nicht. Sie erinnert mich mehr und mehr an Claudia, die war auch immer so aufmüpfig. Selbst wenn sie ...

„Kann losgehen. Wo bleiben denn Ihre feinen Freunde?", unterbrach Nina ihre Gedanken.

Die Ankunft von Doris und Nora ersparte Susanne eine heftige Antwort. Wenn das nur gutging!

*

Es war gutgegangen. Es war sogar ganz hervorragend gelaufen. Nicht nur Susannes Gäste, auch die lokale Presse war voll des Lobes.

„Da hast du aber eine Stange Geld investiert", meinte einer ihrer Ex-Kollegen, der das Rosenschlösschen noch vor dem Umbau gesehen hatte. „Was machst du, wenn es nicht funktioniert?"

„Mach dir keine Sorgen, dass funktioniert schon und notfalls verkaufe ich die Immobilie, das gehörte schließlich einmal zu meinem Job", antwortete sie locker. In Wahrheit hatte sie über diese Variante noch nicht nachgedacht. Das Wort ‚scheitern' existierte in ihrem Sprachgebrauch einfach nicht – damit war sie bisher immer gut gefahren.

Unter Ninas Anleitung postete sie die Presseartikel auf Facebook und Twitter und pries gleichzeitig das nächste Kochseminar für Mitte Oktober an. Die Anmeldungen ließen nicht lange auf sich warten, und diesmal waren es nicht nur wohlmeinende Freunde.

Die letzten Rosen rankten sich in der Oktobersonne. Susanne machte ein Foto, sendete es an Werner und schrieb darunter: „Hier lässt sich's leben."

Dann sandte sie eine Mail an einen Hamburger Sterne-Koch, der überraschenderweise zugesagt hatte, ohne eine Lawine zu verlangen. Der Kurs sollte schon im nächsten Monat stattfinden und war das Highlight des heurigen Herbstes.

Am kommenden Freitag würde sie selbst das erste Mal für zahlende Gäste kochen. Eine Gruppe von fünf Personen hatte sich zum „Privat Dinner" angesagt.

Sie würde, mit kleinen Abwandlungen, jenes Menü kochen, das sie im Frühjahr für Werner gekocht hatte. Damals gab es noch Spargel und Erdbeeren. Mein Gott, wie die Zeit verflogen war. Jetzt würde sie zu den Jakobsmuscheln ein Kürbispüree servieren und anstelle der Erdbeeren gab es nun karamellisierte Apfelspalten.

Um ganz sicher zu gehen, dass auch in der ungewohnten Küche alles klappen würde, hatte sie das Menü am vergangenen Sonntag für Tante Anna, Nina und Felix gekocht. Werner hatte sie auch eingeladen, aber der musste zu einer Geburtstagsfeier. Schade.

Im Gegenzug hatte er sie für diesen Samstag in die Oper eingeladen, aber da musste sie leider absagen, weil sich für Sonntagmittag jemand zu einem „Privat Dinner" angemeldet hatte.

Sehr schade, aber nichts im Leben war eben perfekt. Und zwischen zwei Kochterminen schnell mal nach Wien in die Oper, das war ihr zu stressig. Sie war schließlich keine zwanzig mehr.

*

Susanne war ganz selbstverständlich davon ausgegangen, dass Werner dafür Verständnis haben würde, dass der Job vorging. Immerhin wusste er, wie viel Geld und Mühe sie in das Unternehmen investiert hatte. Als er sich jedoch in den nächsten zwei Wochen nicht meldete, begann sie, an seinem Verständnis zu zweifeln. Das konnte doch nicht wahr sein! Konnte sie sich dermaßen in ihm getäuscht haben?

Nachts träumte sie, dass Werner von einer langbeinigen, schwarzhaarigen Hexe gefangen gehalten wurde. Gleich am nächsten Morgen schrieb sie ihm ein SMS, tags darauf eine Mail, aber sie erhielt keine Antwort. Als sie ihn am darauffolgenden Sonntag entnervt anrief, kam sie auch nur auf die Mailbox. Schon sonderbar.

Aber gut, sie wollte ja nicht übertreiben. Sie hatte ihre Spuren hinterlassen, jetzt war er am Zug.

Viel Zeit zum Nachdenken blieb ihr ohnehin nicht. In zwei Tagen kam Lars König, der Hamburger Koch, und sie musste sich noch um die Zutaten kümmern. Wo zum Teufel nahm sie bloß frische Cranberries her?

*

Lars König war kein gebürtiger Hamburger, er kam aus der Gegend von München, aber er betrieb an der Alster ein Restaurant, das Landhaus König, das weit über Hamburg hinaus ein Begriff geworden war.

Ein Bayer also, ein Bayer in Hamburg, warum nicht. Zumindest war er nicht so ein trockenes Nordlicht, wie sie befürchtet hatte.

Trocken war Lars definitiv nicht. Schon am Abend seiner Ankunft leerte er, gemeinsam mit Susanne, ein Fläschchen Prosecco und dann noch eine Flasche Rotwein. Wie gut, dass die Gästezimmer in der Zwischenzeit fertig waren.

Anfangs hatte er Gräfin zu ihr gesagt, dann Baronin, und weil sie auch das abgelehnt hatte, nannte er sie nun: schöne Schlossherrin.

„Warum darf ich Sie nicht Gräfin nennen?", hatte er am Ende des Abends gefragt. „Es würde so gut zu Ihnen passen."

„Weil mein Vater weder Graf war noch Graf hieß. Außerdem ist das Führen von Adelstiteln bei uns in Österreich verboten. Wir sind eine Republik."

„Aber Hofräte habt ihr immer noch?"
Sie nickte: „Hofräte und Kaiserschmarren."
„Mhm, Kaiserschmarren", hatte er schwelgend gesagt. „Kaiserschmarren aus Kaiserstein", hatte er dann vor sich hingeträllert und sich im Walzerschritt in sein Gästezimmer begeben.

Und dann der Kochkurs.

Sie wusste nicht, ob die Teilnehmer wirklich viel gelernt hatten, dazu sprach Lars allzu viel und allzu schnell, aber sicher hatten alle ihren Spaß gehabt.

Lars war nicht nur ein Spitzenkoch, er war auch ein Showmaster.

„Meine Damen und Herren, heute kochen wir Lachs. Natürlich kochen wir ihn nicht, wir sind ja keine Barbaren. Wir werden ihn dämpfen, über Kräuterdampf. Dazu servieren wir getrüffelten Kohl, à la bonheur, und ein kleines Stück Kartoffelroulade, die wir mit Kräutern füllen werden. Wenn sie dieses Gericht je probiert haben, sind sie für jede andere Zubereitungsart verdorben, wenn sie es ihren Gästen vorsetzen, wird man ihnen einen Stern verleihen – vorausgesetzt es gelingt.

Wir beginnen mit der Kartoffelroulade. Wer von den Herren ist gut im Kartoffelschälen? Sie? Sehr gut, dann werden sie anschließend den Fisch filetieren, Kartoffeln schälen können sie ja bereits."

So ging das weiter, den ganzen Tag. Dabei war seine Fingerfertigkeit ebenso beeindruckend wie sein Redeschwall. Er flocht die Spaghetti zu einem Zopf und umkränzte damit einen Klacks Sauce, auf dem ein rosa gebratenes Kalbssteak lag, so geschickt, dass es aussah wie gemalt.

Susanne, die den Kochkurs ebenfalls mitgemacht hatte, beschloss jedenfalls im Geheimen, nichts von all dem je in die Praxis umzusetzen, das konnte alles nur schiefgehen. Während des Kurses hatte Lars – sicherheitshalber – alles, was schwierig war, selber gemacht.

Doch am Ende des zweiten Tages, als sie beim Abschlussdinner saßen, erklärten die Teilnehmer unisono, im kommenden Frühjahr einen Aufbaukurs machen zu wollen.

„Wenn die schöne Schlossherrin mich haben will, werde ich da sein", erklärte er mit einer kleinen Verneigung in ihre Richtung.

Die schöne Schlossherrin nickte huldvoll.

Bouillabaisse „Chefkoch"

Rezept für 8 Personen

3 Knurrhähne
3 Drachenfische
1 kg Petersfisch
80 dag Seeteufel
80 dag Meeraal
2 Drachenköpfe
4 Bärenkrebse
1 kg andere Felsenfische
2 Zwiebeln
4 Knoblauchzehen
1 EL Tomatenmark
3 Tomaten
1 Stück getrockneter Fenchel
3 EL Olivenöl
3 Tütchen Safran
2 Chilis
Salz, Pfeffer

Croutons:
1 Baguette
5 Knoblauchzehen
2 EL Olivenöl

Rouille:
3 Dotter
8 Knoblauchzehen
500 ml Olivenöl
Salz, Safranpuder

Zwiebel und Knoblauch in 3 EL Olivenöl anlaufen lassen. Geviertelte Tomaten, Tomatenmark, getrockneter Fenchel und Safran sowie die Felsenfische dazugeben mit Wasser aufgießen, salzen und etwa 20 Minuten kochen. Pürieren, filtern und weitere 10 Minuten kochen.

Die übrigen Fische in einen Fischtopf legen (die Großen zuerst), mit dem gefilterten Sud begießen und 5 Minuten sprudelnd, danach nur leicht köcheln lassen.

Für die Rouille die Eigelbe mit Salz, Knoblauch und Safran sowie dem tropfenweise zugefügten Olivenöl zu einer Majonäse aufschlagen.

Baguette in 1 cm dicke Scheiben schneiden, mit Knoblauch einreiben und mit Olivenöl beträufeln. Etwa 3 Minuten bei 200 Grad backen.

Die Fische filetieren, mit der Suppe begießen und mit den Crostinis und der Rouille servieren.

„Wann werden Sie morgen abreisen?", fragte Susanne Lars, als auch der letzte Gast gegangen war.

„Ich werde morgen gar nicht abreisen. Ich habe soeben beschlossen, noch ein, zwei Tage dranzuhängen und mir die Gegend anzusehen."

Susanne, der seine Avancen in den letzten beiden Tage nicht entgangen waren, fühlte sich ein wenig überrumpelt.

„Wie schön, wenn man so spontan entscheiden kann", antwortete sie und setzte dabei ihr arrogantestes Lächeln auf.

„Spontanität ist die Voraussetzung jeder guten Küchenleistung. Was wären wir Köche ohne Spontanität? Nichts wären wir. Sehen Sie, wir werden nicht berühmt, weil wir ein Stück Fleisch rosa braten können, das kann jeder Küchenjunge. Wir werden berühmt, weil ..."

„Ich wusste gar nicht, dass Sie berühmt sind", unterbrach sie ihn. Er grinste. „Trotzdem haben sie mich hierher geholt. Und wenn ich recht verstanden habe, soll ich wiederkommen."

Da war was dran.

Fünf Minuten später hatte sie sich bereiterklärt, ihm an den nächsten beiden Tagen die Gegend zu zeigen.

*

Als Susanne ihn am Mittwochvormittag endlich am Flughafen absetzte, hatte sie zwei aufregende Tage hinter sich und eine Reise nach Hamburg vor sich.

„Wann wirst du kommen, schöne Schlossherrin?"

„Das kann ich noch nicht sagen, aber ich werde kommen, ganz bestimmt", log sie. Hauptsache, er flog erstmal ab.

Lars war ein amüsanter Gesellschafter und er wäre bestimmt auch ein interessanter Liebhaber, was sie bislang erfolgreich abgewehrt hatte, aber er war auch ziemlich anstrengend.

Sie hatte ihm nicht nur ein Stück ihrer Heimat gezeigt, sie hatte mit ihm auch interessante Lokale kennen gelernt und einen Koch, den sie umgehend für einen der nächsten Kurse engagieren wollte.

Wenn sie nicht hoffnungslos zunehmen wollte, musste sie in den nächsten Tagen eine Diät einlegen.

Sie fuhr nach Hause, schickte eine Anfrage an den jungen Mann, der sie gestern so hervorragend bekocht hatte, und ging zu Bett. Mitten am Tag, einfach so.

Später machte sie sich eine Minestrone und genoss einen ruhigen Abend vor dem Fernseher.

Am nächsten Morgen hatte sie Halsschmerzen, am übernächsten Fieber. Gut, sie würde einen Tag im Bett bleiben, aber Morgenabend musste sie fit sein, denn für Morgen war ein Privat-Dinner für zwei Personen vereinbart. Das Menü stand schon fest, es war zum Glück nicht allzu aufwändig, also konnte sie den Einkauf auch morgen erledigen.

Doch als sie am nächsten Tag aufstand und sich in ihre Kleider mühte, wurde ihr dermaßen schwindelig, dass sie sich wieder hinlegen musste. Da blieb nur eines: absagen.

Zu blöd. Nichts war für das Geschäft schädlicher als Absagen. Vielleicht sollte sie Nina fragen. Nina konnte eindeutig kochen, aber wie würde sie die Rolle der Gastgeberin spielen? Aber vermutlich war alles besser, als abzusagen.

Erstaunlicherweise zeigte Nina sich nicht abgeneigt: „Was genau müsste ich kochen?"

„Ein Kürbisschaumsüppchen, Rehmedaillons in Rotweinsauce, dazu Erdäpfellaibchen und Pilze und zum Nachtisch ein Orangensoufflé."

„Kürbissuppe geht klar, Rehmedaillons bekomme ich auch hin, aber zum Nachtisch bekommen sie Topfenauflauf, von mir aus mit Orangenragout."

„Auch egal", sagte Susanne und ließ sich wieder ins Bett fallen.

Der Abend verlief, wenn sie Nina glauben wollte, ohne Zwischenfälle, die Herrschaften hätten auch ein entsprechendes Trinkgeld dagelassen. Der Eintrag im Gästebuch war auch durchaus positiv, also ging Susanne davon aus, dass alle zufrieden waren.

Sie musste noch bis Mittwoch das Bett hüten und als sie am Donnerstag endlich wieder vor ihrem Schreibtisch saß, fühlte sie sich immer noch ziemlich geschlaucht.

Für Freitag hatte sie sechs Personen zum Privat-Dinner. Unwahrscheinlich, dass sie das alleine schaffte, besser sie rief gleich Nina an.

*

Diesmal handelte es sich um ein Überraschungs-Menü. Susanne hatte eigentlich vorgehabt, die Herrschaften mit gebeiztem Thunfisch, einer gedämpften Kapaunenbrust und einem Apfel in Calvados-Sabayonne zu überraschen.

Da Nina aber keine Zeit hatte, in die Stadt zum Einkaufen zu fahren, und Susanne sich das noch nicht zutraute, machten sie gebeizten Lachs, dämpften anstelle der Kapaunenbrust eine Hühnerbrust und zum Abschluss servierten sie zum Apfel Rieslingschaum.

„Ist doch auch viel billiger", meinte Nina pragmatisch.

Da war was dran, musste Susanne widerstrebend zugeben.

Wenn auch Privat-Dinner wie Kochkurse gut gebucht waren, so waren die Ausgaben doch beinahe ebenso hoch, und wenn sie ehrlich war, hatte sie bislang noch kaum etwas verdient.

Susanne erholte sich nur langsam und die Tatsache, dass der November grau und neblig war, wie es ihm zustand, trug ebenso wenig zu ihrer Genesung bei wie der Umstand, dass Werner sich immer noch nicht gemeldet hatte.

Einmal würde sie es noch mit einer SMS versuchen.

Lieber Werner, bei mir stehen derzeit Variationen von Erkältungskrankheiten mit November-Frust auf dem Programm. Ich hoffe, es geht dir viel besser. LG - Su

Sie wartete zwei Tage, doch auch diese Nachricht blieb unbeantwortet. Na gut, wer nicht will, der hat schon. Wütend wählte sie die Hamburger Nummer.

Fünf Minuten später hatte sie Lars am Telefon: „Hallo, schöne Schlossherrin. Dein Anruf bringt Sonne in meinen Tag."

„Elender Süßholzraspler. Wie geht es dir?"

„Das hängt ganz davon ab, was du mir antworten wirst, wenn ich dich jetzt frage, wann du nach Hamburg kommst."

„Wann hast du denn gedacht?"

„Wie wär's mit übermorgen?"

„Übermorgen schon?"

*

Es dauerte dann doch noch mehrere Tage, bis sie auf dem Hamburger Airport landete. Hier war es ebenso nebelig und grau wie zu Hause, allerdings mit dem Unterschied, dass man es in Hamburg einfach erwartete – fand zumindest Susanne.

„Für Hamburger gibt es kein schlechtes Wetter", lachte Lars, der sie persönlich abgeholt und in sein Landhaus gebracht hatte. Er hielt ihr die Tür auf: „Willkommen in meinem Reich, dem besten Restaurant Hamburgs."

„Wie bescheiden", gab sie lächelnd zurück.

„Lieber ehrliche Prahlerei als falsche Bescheidenheit", konterte er.

„Aber wir werden den Wahrheitsbeweis antreten, gleich heute Abend. Apropos, ich muss zurück in meine Küche. Mein Commis de cuisine wird dich in dein Hotel begleiten, es ist gleich hier um die Ecke. Wir sehen uns heute Abend, schöne Schlossherrin, wenn die Schlacht geschlagen ist. Ich habe meinen schönsten Ecktisch für dich reserviert. Du wartest auf mich, versprochen? Ciao, schöne Schlossherrin."

Im Hotelzimmer erwartete sie eine Obstschüssel, eine Flasche Champagner und ein Strauß roter Rosen.

Susanne lächelte, ging zum Fenster und genoss den herrlichen Blick auf die Alster. Schade, dass es schon dämmrig war. Bei Sonnenschein musste der Blick fantastisch sein. Gedankenverloren räumte sie ihre Sachen in den Schrank. War es ein Fehler gewesen, hierher zu kommen? Erwartete Lars etwas, woran sie nie gedacht hatte? Im Grunde war sie doch nur hier, weil sie ihrer November-Depression entfliehen wollte – und weil Werner sich nicht mehr gemeldet hatte.

Anyway! Sie sah auf die Uhr. Bis zum Abendessen blieben ihr noch gut drei Stunden. Die würde sie zu einem Erkundungsgang nutzen. Sie kannte Hamburg bisher nur von einem wenige Stunden dauernden Aufenthalt nach einer Schiffsreise. Damals hatte es 33 Grad gehabt, heute kaum drei.

Entlang der Alster ging sie bis zum Jungfernstieg, von dort war es nur ein Katzensprung zum Rathaus.

Es überraschte sie, dass einige Auslagen schon weihnachtlich geschmückt waren, anderseits, es war Mitte November. Daheim war ihr das kaum aufgefallen, so beschäftigt war sie gewesen. Doch nun hatte sie Zeit, sich Gedanken über die Weihnachtsgeschenke zu machen. Vielleicht hatte sie sogar Gelegenheit, ein paar hübsche Dinge zu besorgen. Lars würde vermutlich ohnehin kaum Zeit für sie haben. Gleich beim Abendessen wollte sie sich eine Liste der benötigten Weihnachtsgeschenke machen, dann war sie wenigstens beschäftigt, wenn sie schon alleine am Tisch saß.

Sie brauchte Geschenke für Tante Anna, Nina und Felix, für Doris, für Babsi, Paula und Rudi. Bei Werner machte sie gedanklich ein großes

Fragezeichen. Der Gedanke an Werner schmerzte ebenso wie der Umstand, dass sie für Claudia auch heuer kein Weihnachtsgeschenk brauchen würde. Nicht einmal ihre Freundschaftsanfrage auf Facebook hatte sie beantwortet.

Susanne seufzte und bemühte sich, an etwas anderes zu denken. Schließlich trug sie an dem Streit mit Claudia keine Schuld. Was hatte sie schließlich getan? Claudia hatte ihr eine Frage gestellt und sie hatte sie ehrlich beantwortet. Wenn ihre Tochter ehrliche Antworten nicht vertrug, dann ließ sich das eben nicht ändern. Schließlich war sie ein erwachsener Mensch.

Langsam gewöhnte Susanne sich an die kalte Luft, Hamburg gefiel ihr, und als sie endlich wieder in ihr Hotelzimmer kam, war es Zeit, sich für das Abendessen fein zu machen. Sie duschte, zog das weinrote Kleid mit dem breiten Gürtel an, das sie bei ihrem letzten Wien-Besuch erstanden hatte, und stellte sich vor den großen Spiegel. Sah doch ganz gut aus – sicher hätte es Werner auch gefallen. Aber vielleicht stand der ja mehr auf schwarzhaarige Schönheiten mit langen Beinen. Groß und schlank war sie auch, aber blond – und keine dreißig mehr.

Dann zog sie ihren Mantel über, löschte das Licht und machte sich entschlossen auf den Weg ins Restaurant.

Kaum hatte sie das Landhaus betreten, eilte ihr ein junger Mann entgegen, um ihr den Mantel abzunehmen, dann brachte er sie an einen Tisch im Kaminzimmer. Alles hier strahlte Vornehmheit aus: die Einrichtung, das Personal und die Gäste.

Das Kaminzimmer war ein niedriger Raum mit einer Holzdecke und acht Tischen. Obwohl Montag, war das Lokal gut besucht.

Man hatte einen kleinen Ecktisch für sie vorbereitet, von dem aus sie den Raum gut überblicken konnte. Der Kellner brachte die Speisekarte und fragte nach ihren Aperitifwünschen.

Sie wählte ein Glas Champagner und gab sich dem Studium der handgeschriebenen Speisekarte hin. Die war, wie in Restaurants dieser Klasse üblich, nicht besonders umfangreich, dennoch fiel ihr die Wahl nicht leicht. Letztendlich entschied sie sich für einen Salat vom lauwarmen Hummer und danach eine Bouillabaisse mit Crostini und Sauce Rouille.

Aus dem angrenzenden Raum erklang dezente Klaviermusik, der Pianist spielte die leisen, sentimentalen Sachen, dazu die schummrige Beleuchtung, ideal für einen Abend zu zweit.

Dummerweise saß sie allein hier.

Der Champagner tat ihr gut und als sie von dem selbstgebackenem Brot und der gesalzenen Butter kostete, fiel ihr erst auf, wie hungrig sie war. Sie hatte seit dem Frühstück nichts Vernünftiges gegessen. Entspannt lehnte sie sich zurück und nahm ihre Umgebung in Augenschein. Tischtücher und Stoffservietten waren aus gelbem Damast, in einer Glasschale schwamm eine weiße Orchidee und auf dem dreiarmigen Kerzenständer aus altem Silber brannten weiße Kerzen. Alles sehr stilvoll. Ob Lars dafür verantwortlich zeichnete? Oder gab es eine Hausdame? Jedenfalls hatte er ihr versichert, dass es keine Dame des Hauses gäbe. Sie dachte an die roten Rosen in ihrem Zimmer und machte sich lächelnd über den Hummersalat her. Kochen konnte er jedenfalls, sodass sie, als er gegen zehn Uhr abends an ihren Tisch kam, voller Überzeugung sagen konnte: „Sehr delikat. Ich glaube nicht, dass ich jemals eine bessere Bouillabaisse gegessen habe."

Lars schien ihrer Meinung zu sein und erledigte gut gelaunt seine Lokalrunde, ehe er sie in seine Wohnung brachte, die gleich über dem Restaurant lag.

Die Wohnung war deutlich moderner eingerichtet als das Lokal und verfügte über eine große Wohnküche, deren Mittelpunkt eine Kochinsel bildete.

„Das sieht ja aus wie bei ‚Schöner Wohnen'. Und ich dachte, jemand, der den ganzen Tag kocht, hat zu Hause nur noch eine Kaffeemaschine."

„Da sieht man, wie wenig du von mir weißt." Er öffnete eine Flasche Sekt, füllte zwei Gläser und hielt ihr eines entgegen:

„Auf das sich dieser Umstand bald ändert. Prost, meine schöne Schlossherrin!"

*

Tatsächlich lernte sie in den nächsten beiden Tagen nicht nur Hamburg, sondern auch Lars ein Stück besser kennen. Dienstag und Mittwoch war Ruhetag, so hatte er Zeit, ihr die Stadt zu zeigen.

„Hafenrundfahrt, Alsterfahrt und Hagenbeck lassen wir diesmal aus, das machen wir, wenn du im Frühling kommst", erklärte er am Mittwoch beim Frühstück, das er bei ihr im Hotel einnahm. Er schien nicht den leisesten Zweifel daran zu haben, dass sie wiederkam.

„Iss nicht zu viel", riet er, als sie sich anschickte, noch etwas vom Buffet zu holen. „Heute Mittag besuchen wir den Michel und anschließend essen wir in den Krameramtsstuben Scholle Finkenwerder Art. Eine Hamburger Spezialität, muss man einfach gegessen haben. Abends müssen wir natürlich auf der Reeperbahn vorbeischauen." Sie machte ein zweifelndes Gesicht. Für solche Art von Amüsement hatte sie wenig übrig. Er schien ihre Gedanken zu erraten. „Nur kurz", winkte er ab. „Aber die Reeperbahn ist nicht mehr das, was du dir scheinbar darunter vorstellst."

„Und woher willst du wissen, was ich mir so vorstelle?"

„Ich lese es in deinen schönen Augen", sagte er mit zartschmelzender Stimme, um dann übergangslos ins Pragmatische zurückzukehren: „Morgen müssen wir ohnehin früh raus. Ich will dir den Fischmarkt zeigen und der schließt um 9 Uhr 30. Möchtest du eigentlich ins Wachsfigurenkabinett? Auf jeden Fall müssen wir in die Speicherstadt. Übrigens kannst du wählen, ob du morgen Abend lieber ins Theater gehen oder mit mir kochen möchtest."

Linguini mit Schneckenragout

1 Dose Weinbergschnecken
½ kg Tagliatelle
2 Fleischtomaten
5 Zehen Knoblauch
2–3 EL Basilikumöl (= 1 Bd. Basilikum + Olivenöl)
Olivenöl
etwas Chiliöl
Salz, Pfeffer
Evtl. mit etwas Chiliöl würzen

Für das Basilikumöl – am besten schon Stunden vorher – einen Bund Basilikum waschen, trocken tupfen und die Blätter hacken. Dazu kommt so viel Olivenöl, dass das Basilikum gut bedeckt ist.

Die Schnecken aus der Dose nehmen, gut abspülen und vorerst beiseite stellen.

Die Knoblauchzehen schälen, halbieren, den Keim entfernen und in dünne Scheibchen schneiden. Die Fleischtomaten in kleine Würfel schneiden.

Einige EL Olivenöl erhitzen, zuerst den Knoblauch, dann nach und nach die Schnecken, das Basilikumöl und etwas später die Tomatenwürfel zugeben und auf kleiner Flamme dünsten lassen.

Die Tagliatelle in reichlich Salzwasser weichkochen, abseihen, in den Kochtopf zurückgeben, das Schneckenragout darüber geben, ordentlich durchrühren und mit Salz und Chiliöl abschmecken.

„Geschafft", murmelte Susanne, als sie sich auf dem Beifahrersitz ihres Mercedes niederließ. Nina hatte sich bereiterklärt, sie zum Flughafen zu bringen und auch wieder abzuholen, allerdings unter der Voraussetzung, dass sie mit Susannes Wagen fahren durfte.

„War Lars so anstrengend?", fragte Nina.

„Allerdings!", antwortete sie, ohne auf die Doppeldeutigkeit der Frage näher einzugehen.

Sie waren am Mittwochabend im Theater gewesen und hatten hinterher in seiner Wohnung gekocht. Da war es natürlich spät geworden. Sehr spät sogar. So spät, dass sie erst heute früh wieder in ihr Hotelzimmer kam. Sie hatte gerade noch Zeit gehabt, ihre Sachen einzupacken und einen Kaffee zu trinken.

Lars hatte heute Morgen einen Termin bei seinem Steuerberater gehabt, also war sie mit dem Taxi zum Flughafen gefahren. Irgendwie war sie froh darüber gewesen.

Nina fuhr sicher, aber sehr flott, schneller als Susanne. Normalerweise hätte sie protestiert, doch nun schloss sie einfach nur die Augen. Sie war so müde.

„Das muss ja ein toller Hecht sein", moserte Nina, die vermutlich gerne Näheres erfahren hätte.

„Wenn ihr wollt, koche ich heute Abend für uns alle und erzähle euch von meinem Trip. Was hältst du von Hamburger Aalsuppe? Wir könnten auf dem Heimweg noch einkaufen."

„Tante Anna und Felix werden wenig davon halten. Außerdem muss Felix morgen zur Schule. Aber komm doch zu uns. Tante Anna macht heute Grammelknödel und Sauerkraut."

*

„Lars scheint in Hamburg wirklich prominent zu sein. Wo immer wir hinkamen, wurde er sofort erkannt. Einige wollten sogar ein Autogramm", lachte Susanne in der Erinnerung.

„Er ist wirklich ein Star."

„Ein Star ist für mich ein Vogel", konterte Tante Anna und lud Sauerkraut auf ihren Teller. Dann setzte sie sich und sagte: „Mahlzeit!"

Nichts gegen Lars' Fischküche, aber Tante Annas Grammelknödel sind schon auch nicht zu verachten, dachte Susanne und aß mit gutem Appetit. Mit der Diät würde sie dann morgen beginnen. Heute nahm sie sich noch einen Knödel und ein Glas Bier.

„Außerdem haben wir eine tolle Idee geboren. Ihr werdet staunen. Wir wollen gemeinsam ein Buch schreiben."

„Über Stare?", fragte Felix.

Sie schüttelte lachend den Kopf. „Nein Felix. Ein Kochbuch. Das Thema soll sein: Sternenküche nach Hausfrauen-Art. Wir sind darauf gekommen, als wir am letzten Abend gemeinsam gekocht haben. Ihr glaubt ja nicht, wie umständlich so ein Sternekoch sein kann. Stellt euch vor, der schält doch tatsächlich grüne Paprikaschoten, und zwar außen und innen."

„Da bleibt ja nichts übrig", warf Tante Anna ein.

„Das habe ich auch gesagt. Aber Lars meint, man braucht dazu nur einen fleischigen Paprika, einen Sparschäler und ein sensibles Händchen."

„Und einen Lämmergeier im Kopf", setzte Tante Anna mit der für sie so typischen Handbewegung hinzu.

Susanne lächelte, ging aber nicht weiter darauf ein. „Jedenfalls ist das eine tolle Chance, versteht ihr. Lars hat schon zwei Kochbücher veröffentlicht. Er sagt, der Verlag würde ihm ein drittes mit Handkuss abnehmen."

„Warum braucht er dann dich dazu?", fragte Tante Anna misstrauisch.

„Ich brauche ihn", verbesserte Susanne und übersah großzügig Ninas spöttischen Blick. Sie erwähnte auch nicht, dass Lars für nach Weihnachten seinen Besuch angekündigt hatte. Stattdessen schwärmte sie: „Ein Kochbuch, auf dem mein Name neben dem eines so bekannten Sternekochs steht, wird meine Kochseminare einfach beflügeln."

*

Während Susannes Abwesenheit waren fünf Reservierungen eingegangen und in den nächsten Tagen kamen weitere dazu.

Das Privat-Dinner war der Renner – vor allem in der Vorweihnachtszeit. Aber nicht nur für kleine Weihnachtsfeiern wurde sie gebucht, sie verkaufte auch Gutscheine, für die Nina eine besondere Idee gehabt hatte. In ihrer Werkstatt hatte sie schon öfter aus alten Festplatten No-

tizbücher gemacht. Nun stellte sie aus den Festplatten Umschlaghüllen her, in die sie die Gutscheine einlegten.
Auch für die nächsten Kochkurse verkauften sie zahlreiche Gutscheine, für die Nina Umschlagmappen aus alten Kochbüchern anfertigte. Susanne war erst skeptisch gewesen, aber die Ergebnisse konnten sich wirklich sehen lassen.
Das alles spülte zwar Geld in ihre Kasse, doch sie war Geschäftsfrau genug, um darüber nicht in Euphorie zu verfallen. Schließlich musste das Geld im nächsten Jahr erst verdient werden und wenn sie die notwendigen Kosten gegenüberstellte, sah das Ergebnis mager aus.
Es war nicht so, dass sie gar nichts verdiente, aber nach Abzug aller Kosten war das Ergebnis einfach dürftig zu nennen. Wenn sie in den nächsten Jahren davon leben wollte, ohne ihre Ersparnisse anzuknabbern – und das hatte sie vor –, musste sie sich etwas einfallen lassen.
Vorerst aber musste sie einkaufen fahren, das nächste Dinner stand an.

*

Ninas Werkstätte lag im Souterrain eines Mehrfamilienhauses und verfügte über einen straßenseitigen Eingang und zwei kleine Auslagen. Es war fünf vor zehn. Susanne war um zehn Uhr mit ihr verabredet, also hatte sie vermutlich noch alle Zeit der Welt, die Auslage genau zu betrachten, denn wenn Ninas Haar nun auch schwarz war und sie wirklich ordentlich kochen konnte, pünktlich war sie immer noch nicht.
Schon interessant, was man aus Abfall so alles machen kann, dachte Susanne und betrachtete Weihnachtsengel aus alten Blechdosen, die ihre aus alten Batterien gefertigten Ärmchen gen Himmel streckten, Sterne aus alten Plastikverschlüssen und – noch interessanter – Halsketten aus zusammengedrückten Kaffee-Kapseln, die sahen wirklich klasse aus.
Nina kam nur fünf Minuten zu spät. Susanne sah trotzdem bedeutungsvoll auf ihre elegante Uhr, doch solche Spitzfindigkeiten waren an Nina verschwendet.
„Kaffee oder Tee?", fragte Nina.
„Hast du Earl Grey?"

„Bin ich ein Teehaus? Du kannst grünen Tee haben, Früchtetee oder Kräutertee."

„Dann doch lieber eine Tasse Kaffee."

Während Nina den Kaffee in die Filtertüte füllte, sah Susanne sich weiter um.

„Die Tasche hier sieht gut aus."

Nina sah in ihre Richtung. „Alte Fototapete, foliert", erklärte sie und stellte zwei Tassen auf den kleinen Kaffeehaustisch, der ihr als Besprechungstisch diente.

Dann sah sie Susanne erwartungsvoll an.

„Nina, ich möchte dir ein Angebot machen."

Seit sie miteinander kochten, waren sie zum Du übergegangen.

„Hoffentlich kein Unanständiges."

„Quatschtante. Ich habe meinen Terminkalender mitgebracht, der ist zum Bersten voll, und ich dachte, du kannst mir in den nächsten Wochen vielleicht helfen."

„Ich würde dir gerne helfen, und das Geld könnte ich auch gebrauchen, aber wer kümmert sich um Felix?"

„Ich habe mit Tante Anna gesprochen. Es macht ihr nichts aus, wenn sie abends mit ihm allein ist. Du müsstest nur darauf achten, dass seine Schulaufgaben erledigt sind, ehe du außer Haus gehst."

Nina streckte ihr wortlos die Hand entgegen. Ihre Fingernägel waren lila lackiert. Susanne schlug ein. Dann beschloss sie, die Gunst der Stunde zu nutzen, um eine Frage zu stellen, die sie schon länger interessierte: „Darf ich dich etwas fragen?", begann sie vorsichtig.

Nina sah sie erstaunt an: „Nur zu."

„Du hast bei deinem Großvater gelebt und schon manchmal von ihm gesprochen, aber du hast noch nie von deinen Eltern erzählt. Wie kommt's?"

„Gibt nicht viel zu sagen. Wir reden schon lange nicht mehr."

„Und warum?"

„Hat keinen Sinn."

„Miteinander zu reden hat immer Sinn", entgegnete Susanne.

„Ach ja? Ich dachte, du sprichst seit Jahren nicht mit deiner Tochter."

„Sagt wer?", fragte Susanne, obwohl sie die Antwort schon kannte.

„Sagt Tante Anna", kam es prompt von Nina. „Sie hat gesagt, du hast deine Tochter auch vertrieben."

„Ich habe sie doch nicht vertrieben!"

„Sagen meine Eltern auch. Noch Kaffee?"

„Nein, danke."

Nina stand auf und sammelte die Kaffeetassen ein, offenbar um anzudeuten, dass das Gespräch beendet sei. Doch Susanne ließ sich nicht so leicht beeindrucken. „Was war eigentlich zuerst? Der Streit oder das lila Haar?"

Nina schien darüber nachzudenken. „Ich glaube, bei unserem ersten heftigen Streit ging es darum, dass meine Haare grün waren."

Ich kann ihre Eltern gut verstehen, dachte Susanne, dann brachte sie die Rede noch einmal auf ihre zukünftige Zusammenarbeit.

*

In der letzten November-Woche fuhr Susanne noch einmal für drei Tage nach Wien. „Danach ist Urlaubssperre bis nach Weihnachten", hatte sie lachend zu Tante Anna gesagt und sich auf den Weg gemacht.

Sie wollte Weihnachtsgeschenke besorgen, sich mit Bekannten treffen, ihrer Kosmetikerin einen Besuch abstatten und … nun, der Rest würde sich finden.

Schon auf dem Hinweg stürzte sie sich in den ersten Einkaufstempel und kam am Abend schwer bepackt bei Doris an.

„Hallo Landei", sagte Doris. „Gut siehst du aus."

„Danke, es geht mir eh nicht schlecht."

„Eh nicht schlecht", wiederholte Doris. „Erfahrungsgemäß kehrt so ein ‚eh' das Nachstehende ins Gegenteil. Probleme?"

„Nein, nein!"

„Dann setz dich und erzähl' mal!"

Susanne ließ sich in einem tiefen Fauteuil nieder, nahm dankbar ein Glas Prosecco entgegen und schlug die Beine übereinander.

„Später. Erst zu dir. Wo ist dein Finanzbeamter?"

Doris ließ sich seufzend ihr gegenüber nieder.

„Mit meiner Sekretärin durchgebrannt."

„Das ist ein Scherz."

„Leider nicht. Möchtest du essen gehen oder soll ich uns etwas kochen?"

„Schätzchen, du kannst doch gar nicht kochen. Aber wenn du ein paar Basics daheim hast, könnte ich uns eine Pasta machen." Doris wies mit der Hand in Richtung Küche.

„Tu dir keinen Zwang an."

Susanne fand sieben verschiedene Pasta-Arten, getrocknete Pilze, Dosentomaten, getrocknete Tomaten, sogar eine Dose Schnecken war vorrätig.

„Seit wann bist du denn so gut sortiert?"

„Restbestände. Julius war Hobbykoch, außerdem war er zu geizig, um Essen zu gehen."

„Ein geiziger Koch? Da kann schon einmal nichts Gescheites dabei herauskommen. Lars sagt ..."

„Wer zum Teufel ist Lars?"

„Lars sagt", beendete Susanne ihren Satz „ein geiziger Koch, ist ein schlechter Koch."

Dann erzählte sie von Lars, von seinem Kochkurs und ihrem Besuch in Hamburg.

„Und was ist mit dem netten Architekten, der deinen Umbau organisiert hat?"

„Das", antwortete Susanne und seufzte, „würde ich allerdings auch gerne wissen."

Dann bereitete sie Linguini mit Schneckenragout und die beiden verbrachten einen gemütlichen Abend.

Am nächsten Tag fuhr Susanne zweimal an Werners Büro vorbei, aber sein alter Jaguar war nirgends zu sehen.

Bepackt mit allerhand Weihnachtsgeschenken kehrte sie drei Tage später heim ins Rosenschloss. Für Tante Anna hatte sie eine schwarze Lederhandtasche erstanden, für Nina ein schwarzes Wollkleid mit lila Kragen und dazu passenden Ohrgehängen und auch die Geschenke für ihre

Freundinnen standen schon im Schrank. Lars sollte, wenn er tatsächlich nach Weihnachten käme, einen edlen Regenschirm bekommen, weil es in Hamburg doch so oft regnete. Und dann hatte sie noch einen Briefbeschwerer aus Glas gekauft – wenn man genau hinsah, erkannte man einen Jaguar.

Kartoffelgratin Chefkoch

½ kg speckige Kartoffel
50 g Emmentaler
¼ l Schlagsahne
1 Bund Petersilie
etwas Thymian
Salz, Pfeffer
Butter für die Förmchen

Kartoffel bissfest kochen, schälen und in Scheiben schneiden.
Mit Salz, Pfeffer, Thymian und der gehackten Petersilie würzen.
Die Förmchen mit Butter ausstreichen und die Scheiben hineinschichten.
Mit Schlagobers übergieße, mit dem geriebenen Emmentaler bestreuen und im Backrohr bei etwa 250 Grad 15–20 Minuten backen.

Doris kam am ersten Weihnachtsfeiertag, um bis nach Neujahr zu bleiben. Tags darauf traf Lars ein. Diese Kombination war so nicht beabsichtigt gewesen und hatte Susanne schon im Vorfeld Kopfschmerzen bereitet, aber nun war es eben so.

Doris war eine wunderbare Freundin, aber sie konnte auch ziemlich anstrengend sein. Von Natur aus war sie ein freundlicher Mensch, doch sobald sie das Gefühl hatte, unterlegen zu sein, verschanzte sie sich hinter Überheblichkeit. Als Professorin für Germanistik war sie eine Koryphäe in deutscher Grammatik und wahnsinnig belesen, das spielte sie dann gerne aus.

Schon die Begrüßung verlief nicht ganz konfliktfrei.

Lars liebte schnelle Autos und hatte sich einen Porsche als Leihwagen genommen. Für Doris hingegen war ein Auto lediglich ein Gegenstand, mit dem man sich von einem Ort zum andern bewegen konnte, ihr Volvo war demgemäß schon in die Jahre gekommen.

Lars fuhr also mit seinem Porsche vor, überreichte Susanne rote Rosen und fragte ganz en passant, wem denn das museale Teil gehörte, dass da vor ihrer Tür stand.

„Ich nehme an, sie sprechen von meinem Auto", antwortete Doris aus dem Hintergrund. Den Ton kannte Susanne, der verhieß nichts Gutes.

Lars konnte sie immerhin zugutehalten, dass er Doris bis dahin noch gar nicht bemerkt hatte.

„Ich bitte um Vergebung, aber neu ist die Karre ja wirklich nicht mehr", lachte er. Doris nickte hoheitsvoll und gestatte ihm, ihr die Hand zu küssen.

Die Kaffeejause verlief zwar etwas steif, aber ohne wesentliche Zwischenfälle. Doch als Susanne vorschlug, die beiden sollten sich jetzt etwas ausruhen, während sie für das Abendessen sorgen würde, bestanden beide darauf, ihr dabei zu helfen. Das konnte nicht gutgehen.

Sie hatte Forellen besorgt, dazu wollte sie Salat und Petersilienkartoffel machen. Lars schlug vor, lieber ein Kartoffelgratin zu machen, und übernahm, nachdem er sich überzeugt hatte, dass alle Zutaten vorrätig waren, dessen Zubereitung. Doris wurde damit beauftragt, den Salat zu waschen, da könne nicht viel schiefgehen, dachte Susanne.

Irrtum. Doris wusch den Salat, doch als sie sich daran machen wollte, das Dressing darüber zu verteilen, stürzte Lars dazwischen, als gelte es, ein Menschenleben zu retten.

„Um Gottes Willen, der Salat ist ja noch nass."

„Vom Waschen", erklärte Doris.

„Aber Verehrteste, Salat muss staubtrocken sein, bevor man ihn mariniert. Wo ist die Salatschleuder?"

Das Wort Salatschleuder schien der Germanistin fremd zu sein. Susanne unterdrückte einen Seufzer und holte das gewünschte Stück aus den Tiefen ihres Küchenschranks – sie benutzte es nicht allzu oft. Meist begnügte sie sich damit, den Salat mithilfe eines Standsiebes und einer Schüssel von überschüssigem Wasser zu befreien.

„Die Marinade schau ich mir noch an, und mit dem Marinieren warten Sie noch, bis ich es Ihnen sage", ordnete Lars an.

„Dann decke ich jetzt den Tisch. Haben Sie auch dazu besondere Anweisungen?"

Entweder hörte Lars die Häme tatsächlich nicht, oder er stellte sich absichtlich dumm. Jedenfalls antwortete er: „Da fragen Sie am besten die schöne Schlossherrin, sie wird Ihnen sagen, wie sie es haben möchte."

Was für einen angenehmen Abend wir doch gestern hatten, dachte Susanne sehnsüchtig.

Doch als sie beim Essen saßen musste sie zugeben, dass das Kartoffelgratin eben so hervorragend war wie der Salat.

„Fantastisch", sagte sie anerkennend.

„Tja, es ist lange her, seit Thomas Lieven gesagt hat: Wir Deutschen können Wirtschaftswunder machen, aber keinen Salat."

„Und wer ist dieser Herr Lieven?", fragte Doris.

„Sie kennen Thomas Lieven nicht? Den Geheimagenten wider Willen und Helden meiner jungen Jahre."

„Sollte ich?"

„Simmel. Es muss nicht immer Kaviar sein. Nie gelesen? Ich dachte, das gehört bei Germanisten zur Grundausbildung."

„Bestimmt nicht", antwortete Doris, als hätte man ihr zugemutet, einen Groschenroman zu rezensieren.

„Wie schmeckt euch der Wein?", beeilte Susanne sich, ein anderes Thema anzuschneiden.

„Sehr elegant", lobte Lars. „Auf der Zungenspitze ein leichter Geschmack nach Limonen und im Abgang ein wenig ...", er nahm einen weiteren Schluck und schmeckte genussvoll nach, „nun, ich würde fast sagen, ein klein wenig wie Himbeere. Was meinen Sie, Verehrteste?", fragte er, an Doris gewandt.

Da Doris nur zwischen Rot- und Weißwein unterschied, hatte sie hiezu nicht allzu viel zu sagen und brachte das Gespräch auf ihre letzte Toskanareise.

„Kennen Sie Florenz?", fragte sie Lars.

„Selbstverständlich. Ich habe dort in der Enoteca Piniciorri gegessen, unvergesslich, einfach unvergesslich."

„Ich dachte allerdings mehr an den Dom, die Uffizien und den Ponte Vecchio, das ist die älteste Brücke der Stadt."
„Ich weiß", antwortete Lars mit Würde.
„Ich dachte bloß", entgegnete Doris. „Wo man sie doch nicht essen kann."

*

„Ich glaube nicht, dass sie mich besonders gut leiden kann", sagte Lars später, als Doris schon zu Bett gegangen war.
„Besonders? Überhaupt nicht! Du hast aber auch keine Provokation ausgelassen."
„Sie aber auch nicht."
Das musste Susanne allerdings zugeben.
„Dabei finde ich sie in der Zwischenzeit richtig nett."
Susanne, die gerade dabei war, den Geschirrspüler einzuräumen, hielt mitten in der Bewegung inne: „Ehrlich?"
„Ich meine jetzt, wo sie uns endlich allein gelassen hat."
Ach so. Susanne fuhr mit dem Einräumen weiter fort und murmelte dabei: „Und ich dachte schon …"
„Was denn? Das sie mir gefällt? Darling, wer würde Grießbrei nehmen, wenn er eine kandierte Chilischote haben kann?"
Kandierte Chilischote also? Netter Vergleich, sehr netter Vergleich sogar, wo sie doch einen Hauch von Chili so gerne mochte. Dennoch fragte sie spitz: „Und wer sagt, dass die kandierte Chilischote zu haben ist?", und schaltete den Geschirrspüler ein.
Er kam näher, legte seine Hand auf ihren Rücken und zog sie leicht, ganz sanft, zu sich. Sie konnte seinen Atem riechen und sein Eau de Toilette, das so herrlich duftete.
„Ist sie nicht?"

*

Lars nannte Doris ‚Madame Schlaumeier', während Doris nur von ‚Mister Wunderbar' sprach, doch nachdem die Fronten dermaßen klar waren, schienen die beiden sich aneinander zu gewöhnen. Zwar behandelte Lars Doris mit übertriebener Höflichkeit, aber da er auch sonst gerne den Kavalier der alten Schule gab, fiel das nicht weiter auf. Natürlich hätten ihre Standpunkte unterschiedlicher nicht sein können, aber Susanne hatte nach und nach den Eindruck, dass die kleinen Reibereien den beiden durchaus Spaß machten.

In den Vormittagsstunden, wenn Susanne und Lars an ihrem Kochbuchprojekt arbeiteten, zog Doris sich mit einem Buch zurück, später machten sie lange Spaziergänge und kehrten auf dem Rückweg auf Kaffee und Kuchen beim Jagawirt ein.

Da es tagsüber immer wieder heftig schneite, hegte niemand den Wunsch, abends noch mit dem Auto in der Gegend herumzufahren. Also kauften sie auf dem Heimweg ein und kochten am Abend gemeinsam, wobei neben Lars in der Küche sowieso nur wenig Platz war und auch Susanne zum Commis degradiert wurde.

„Meine Damen, meine Damen, so kann man keine Zwiebel schneiden", sagte er beispielsweise, bemächtigte sich der Zwiebel und zerhackte das gute Stück in affenartigem Tempo.

Auch Susannes kleine Helferchen fanden keine Gnade vor seinen Augen. Fertiger Strudelteig – igittigitt! Fischfonds aus dem Glas – unmöglich. Selbst die Nudeln wurden in diesen Tagen hausgemacht.

„Aber den Unterschied schmeckt doch kein Mensch", argumentierte Doris.

„Ich schon", antwortete Lars würdevoll.

Am Tag vor seiner Abreise schien die Sonne aus einem wolkenlosen, blauen Himmel.

„Heute wird nicht gearbeitet", beschied Lars sie schon beim Frühstück. „Heute machen wir blau. So blau wie der Himmel."

Also fuhren Sie mit dem Auto zum nahen Bergsee, wanderten tief hinein ins Tal, saßen friedlich auf der Sonnenterrasse des Bergrestaurants und hielten ihre blassen Gesichter in die Wintersonne. Plötzlich schnupperte Lars: „Wonach riecht es denn hier?"

„Nach Essen", erwiderte Doris unwillig.
„Das, Gnädigste, habe ich auch schon festgestellt. Mich bewegt die Frage: wonach genau."
„Mich nicht", konterte Doris.
Susanne schnupperte: „Riecht irgendwie nach Blunzen."
„Was ist das denn?"
„Blutwurst", übersetzte Doris.
Lars machte sich auf den Weg.
„Göttliche Ruhe kehrt ein", kommentierte Doris.
Lars blieb eine Weile aus, als er zurückkam, strahlte er wie ein Honigkuchenpferd. Er hatte die Blutwurst verkostet und den Wirt so lange beschwatzt, bis er ihm einen Kranz seiner geräucherten Blutwürste verkauft hatte.
„My Lady", er verbeugte sich vor Susanne, „heute Abend gibt es geräucherte Blutwurst im Krautbeet mit Kartoffelrösti."
„Du denkst aber auch nur ans Essen", lästerte Susanne, obwohl ihr schon bei dem Gedanken daran das Wasser im Mund zusammenlief.

*

Die wenigen Tage waren wie im Flug vergangen, dennoch war sie nicht ganz unfroh, als Lars wieder abfuhr.
„Der würde mich wahnsinnig machen", sagte Doris, als sie ihm hinterherwinkten.
„Aber kurzzeitig ist er doch ganz amüsant."
„Wenn du meinst", antwortete Doris zweifelnd, dann gingen sie ins Haus.
Den Silvesterabend verbrachten sie ganz unspektakulär bei Tante Anna. Die hatte, wie jedes Jahr, einen Sauschädel gekocht. Dazu gab es Salate und, weil so ein Sauschädel nicht allzu viel hergibt, hatte Nina noch einen Nudelsalat gemacht.
„Echt krass", hatte Felix gemeint und den Sauschädel zwar von allen Seiten fotografiert, weil er der Meinung war, so etwas würden ihm seine Freunde nie glauben, aber gegessen hatte er den Nudelsalat.

Nach dem Essen hatten sie Monopoli gespielt und zu Mitternacht hatte Nina mit Felix ein paar Raketen abgeschossen. Susanne und Tante Anna hatten aus sicherer Entfernung zugesehen, Doris hingegen entpuppte sich als absolute Expertin in Sachen Silvesterraketen.

Zwei Tage später war auch Doris' Urlaub zu Ende.

Seltsam, wieder so allein zu sein, dachte Susanne, während sie den Frühstückstisch abräumte. Vielleicht wäre es doch schöner, das Leben mit jemand zu teilen. Es musste nicht unbedingt Lars sein, und es sollte auch nicht irgendeiner sein – eher ein ganz bestimmter. Aber noch einmal anrufen kam für sie nun nicht mehr infrage. Schon die hübsche Weihnachtskarte, die sie ihm geschrieben hatte, war mehr gewesen, als ihr Stolz üblicherweise erlaubte. Natürlich hatte sie gehofft, Werner würde sich daraufhin melden. Doch leider, Fehlanzeige.

Dabei war sie im Sommer so sicher gewesen, dass auch er sie mochte, trotz der langbeinigen Schönheit. Zugegeben, darüber hatten sie nie gesprochen, aber sie konnte sich doch nicht so getäuscht haben.

Lars hingegen machte aus seinen Gefühlen kein Geheimnis, wie nachhaltig die auch immer sein mochten.

Da sie selbst Gefühle eher langsam aufbaute, traute sie Menschen nicht, die allzu rasch entflammten und ihr Herz allzu sehr auf der Zunge trugen.

Apropos Lars, es wurde Zeit, dass sie sich an ihren Schreibtisch setzte und mit der Arbeit für das Buch weitermachte.

Sie hatte sich vor Weihnachten so sehr auf ihr gemeinsames Buchprojekt gefreut, doch jetzt, da sie endlich Zeit und Muße dafür hatte, ging ihr die Ruhe fürchterlich auf die Nerven und die Zeit tröpfelte dahin. Lustlos blätterte sie in den Rezepten, die Lars ihr zur Vereinfachung auf Hausfrauen-Art überlassen hatte.

Wie gerne hätte sie jetzt eines ihrer Privat-Dinner gekocht, doch die Menschen schienen von den Feiertagen noch überfressen zu sein.

Jetzt erst fiel ihr auf, wie einsam sie hier war. Seit sie hier lebte, war stets so viel zu tun gewesen, da hatte sie einfach keine Zeit gehabt, darüber nachzudenken. Erst waren da die Planungen, dann die Bauarbeiten, die Übersiedlung, Werner, die Eröffnung, zu der viele ihrer Freunde gekommen waren, dann die ersten Dinner und Kochkurse, das alles hatte sie beschäftigt gehalten.

Doch nun herrschte Funkstille. Das nächste Kochseminar fand auch erst Ende Jänner statt.

Sie konnte doch nicht hier tagelang alleine herumsitzen und Rezepte abändern, dabei würde sie mit Sicherheit wahnsinnig werden.

Am frühen Nachmittag setzte sie sich in ihr Auto und fuhr zu Tante Anna.

„Sind deine Verrückten schon weg?", fragte die.

„Ja, leider, weißt du doch."

„Und jetzt fällt dir die Decke auf den Kopf."

Wie gut ihre Tante sie doch kannte. Dennoch würde sie ihr nicht recht geben. Niemals. Lieber sagte sie: „Dazu habe ich gar keine Zeit, ich muss doch an unserem Kochbuch arbeiten. Außerdem werde ich ein Faschingsfest veranstalten."

„Ich komme als Cowboy", rief Felix, der eben in die gemütliche Wohnküche tanzte.

„Wer weiß, ob du eingeladen wirst", gab Tante Anna zu bedenken.

„Ihr drei seid Fixstarter", lachte Susanne. „Aber keine Wasserpistolen, hörst du! Nicht dass du meine Gäste nass spritzt."

Dann wandte sie sich wieder an Tante Anna: „Ich möchte vor allem Leute aus der Region einladen. Meine Lieferanten zum Beispiel. Da wäre einmal Herr Moser, der uns immer mit Wildfleisch versorgt. Ist der eigentlich verheiratet?"

Felix nickte wild: „Das ist der Vater von Thommy, der geht in meine Klasse. Eine ältere Schwester hat er auch noch."

Susanne notierte: *Mosers – 4 Personen.*

„Was ist mit dem neuen Doktor? Ist der eigentlich verheiratet?"

„Keine Ahnung", meinte Tante Anna, „er war sehr nett und das neue Rheumamittel, das er mir gegeben hat, wirkt wahre Wunder. Für dich ist er allerdings zu jung."

„So war's ja auch nicht gedacht", antwortete Susanne kopfschüttelnd und notierte: *Neuer Doktor – Begleitung?*

Als sie sich auf den Heimweg machte, hatte sie eine Gästeliste von über vierzig Personen. Wenn nur dreißig zusagten, müsste sie den Partyraum im Keller reaktivieren. Das hatte sie ohnehin schon lange vorgehabt. Das letzte vernünftige Fest, das sie dort gefeiert hatten, war ihre Maturafeier gewesen. So sah der Raum aber auch aus. Da hatte sie ordentlich zu tun, endlich gab es wieder etwas zu planen und zu organisieren!

Am nächsten Morgen setzte sie sich wieder mit Feuereifer an ihre Rezeptabwandlungen.

Grießnockerl

5 dag Margarine
13 dag Nockerlgrieß = grober Grieß
1 Ei
Salz und etwas von der Muskatnuss

Margarine schaumig rühren, dann zunächst das Ei, dann Gewürze und zuletzt Grieß zugeben, verrühren und etwas rasten lassen. Dann mittels zweier Löffel (notfalls haben wir ja auch noch 2 Hände) Nockerl formen, auf einen beölten Teller legen, nochmals im Eiskasten rasten lassen, erst dann ins kochende Salzwasser einlegen und 10 Minuten in offenem Geschirr mehr ziehen als kochen lassen.

Diese Nockerl haben etwas „Biss". Flaumiger, aber auch heikler herzustellen, sind sie nach dem klassischen Sacher-Rezept:

1 Eischwer Margarine,
2 Eischwer Nockerlgrieß,
1 Ei, Gewürze

Tipp: Wenn Sie etwas klein gehackten Schinken und ein wenig gehackte Petersilie dazugeben erhalten Sie: Kaisernockerl.

Die Sache mit den Rezepten ging gut voran, aber die Auffrischung des Partyraumes machte mehr Arbeit als gedacht. Einmal mehr war Nina eine große Hilfe. Susanne war eben doch mehr der Bürotyp. Ein Büromensch, der kochen konnte. Sie hatte zwar eine ziemlich genaue Vorstellung davon, wie der Raum aussehen sollte, aber nicht die leiseste Ahnung, wie das gehen könnte.

Sie begann damit, den Raum von Frau Gruber ordentlich säubern zu lassen. Danach wollte sie entscheiden, wie es weitergehen sollte.

Als sie dann unentschlossen im geputzten Keller stand, fiel ihr Ninas Werkstätte ein. Die sah eigentlich ganz proper aus, obwohl nichts darin neu war.

Ein Anruf genügte. Nina hatte in diesen Tagen auch nicht allzu viel zu tun. Das Weihnachtsgeschäft war nicht schlecht gewesen und zusammen mit dem, was sie bei Susanne verdiente, waren sogar ein paar Euro übriggeblieben, wie sie stolz berichtet hatte, doch nun war saure Gurkenzeit.

„Also, die Wände streichen wir am besten in einem hellen Zitronengelb, die Sessel mit den Bastsitzflächen können so bleiben, da besorgst du einfach ein paar flotte Sitzkissen, oder, noch besser, wir machen welche, passend zu den Vorhängen, und die orangen Plastiksessel sind sowieso urcool."

„Ich finde sie potthässlich."

Nina sah sie an, als käme sie von einem anderen Stern, dann sagte sie verächtlich. „Egal, die bleiben."

Susanne überlegte. Die Wände gelb, ein Teil der Sessel orange, dazu Vorhänge und Sitzkissen in Gelb und Orange – das konnte ganz gut aussehen.

„Dann fahr ich am besten gleich ins Möbelhaus, um den Stoff auszusuchen, damit alles rechtzeitig fertig wird", sagte Susanne und griff nach ihrer Handtasche.

Nina hielt sie am Arm zurück: „Piano, ganz ruhig. Du weißt ja noch gar nicht, wie viel Stoff wir brauchen."

*

Das Faschingsfest war mit Rücksicht auf die notwendigen Verschönerungsarbeiten im Keller für Ende Januar angesetzt worden. Neben ihren neuen Geschäftspartnern – vom Bäcker bis zum Fleischhauer hatten alle zugesagt - hatte Susanne noch ihren neuen Steuerberater, den neuen Gemeindearzt, der erst vor wenigen Monaten ins Doktorhaus gezogen war, und Felix' Lehrerin, Frau Kramreiter, eingeladen, die sie von einem der Kochkurse kannte. Darüber waren weder Nina noch Felix besonders erbaut gewesen. Warum das denn, hatte Nina gemurrt und auch Felix schien nur mäßig begeistert. Susanne wusste, dass Nina mehrere Sträuße mit ihr ausgefochten hatte, aber sie mochte die toughe Fünfzigerin und war ziemlich sicher, dass sich deren Ansichten von ihren eigenen nur geringfügig unterschieden.

Mit Doris kamen 28 Personen, davon fünf Kinder.

„Wir machen einen eigenen Kindertisch", entschied Susanne und eilte wieder zu ihren Rezepten. Lars hatte bereits mit seinem Verleger gesprochen, der wollte ihr gemeinsames Kochbuch unbedingt haben, am liebsten sofort. Außerdem sollte sie entsprechende Kochkurse dazu anbieten. Das war ihr nur recht, aber Terminbdruck war nun wirklich das Letzte, was sie gewollt hatte. Davon hatte sie in ihrem Immobilien-Leben mehr als genug gehabt. Zumindest bin ich diesmal nicht von anderen abhängig, dachte sie und fuhr den Computer hoch.

Sie hatte sich die Arbeit an Lars' Rezepten leichter vorgestellt. Anfangs war sie gut vorangekommen, denn natürlich konnte man die Rindsuppe auch ungeklärt zu Tisch bringen, und sicher war es nicht in jedem Fall notwendig, die Tomaten zu schälen, bevor man sie verarbeitete – schon gar nicht für den Salat. Aber was konnte man bei Wildtaubenbrust mit Entenleber im Strudelblatt, Blauburgundersauce und Mus vom Rosenkohl schon vereinfachen? Ungeeignet, entschied sie, wer hatte schon Wildtauben zur Hand. Und was zum Teufel sollte sie mit dem geeisten Trüffelkorb anfangen?

Lars musste ihr andere Rezepte schicken. Sie würde ihm das gleich verklickern.

Lieber Lars, du bester aller Sterneköche, deine Rezepte sind sicher großartig, aber nicht alle eignen sich für unser Projekt. Vielleicht kannst du mir, unter Berücksichtigung der Aufgabenstellung, weitere Rezepte zukommen lassen. Die vorliegenden sind für Hausfrauen einfach zu kompliziert.
LG - Susanne

Die Antwort kam postwendend:

Liebste, schönste Schlossherrin, das Leben ist eben kompliziert ;-)
Bussi, Lars

Trottel. Sie dachte kurz nach und schrieb zurück:

Es könnte aber auch einfacher sein ;-)
Küsschen, S

Zwei Stunden später – Susanne hatte sich in der Zwischenzeit seine Buttersauce vorgenommen und sie um mindestens 1000 Kalorien leichter gemacht, denn welcher vernünftige Mensch verkochte schon 250 Gramm Butter und ⅛ Liter Sahne zu einer Sauce für 4 Personen – kam eine neue Mail:

Vielleicht sollte ich dir helfen? Kuss, Lars.

Susannes Antwort war ebenso kurz:

Gute Idee ;-)

schrieb sie, legte das Kochbuch-Projekt zur Seite und widmete sich der Frage, was sie ihren Partygästen vorsetzen sollte.

*

Susanne stand im neuen Partykeller und überlegte: Schweinsbraten und Selchfleisch waren aufgeschnitten, die Aufstriche standen parat, die Salate würde sie erst ganz zuletzt fertigmachen, die verloren so rasch an Geschmack. Das Gebäck brachten später die Bäckersleute mit. Okay, alles fertig.

„Ich geh mich dann umziehen, bin gegen halb sieben wieder da", rief sie Nina zu, die noch damit beschäftigt war, den Tisch mit Faschingsschlangen zu dekorieren.

„Roger", kam es von Nina.

Susanne freute sich auf eine ausgiebige Dusche und ein paar Minuten der Ruhe, bevor es dann losging. Als sie über die Kellertreppe ging, hörte sie die Hausklingel. Wer war das denn? Unwillig ging sie zur Tür.
„Du?"
„Darf ich reinkommen?", grinste Lars.
„Entschuldige." Sie trat zur Seite und kämpfte ihren Unmut nieder. Für ihn hatte sie heute nun wirklich keine Verwendung.
„Das ist aber eine Überraschung", lächelte sie tapfer.
„Überraschung ist das falsche Wort."
„Und was wäre das richtige?"
„Freude?" Sein Lächeln ließ ihr Herz ein klein wenig schmelzen.
Sie einigten sich auf freudige Überraschung.
Ade, schöne Ruhestunde. Sie ging mit Lars in die Küche und machte Kaffee. Zum Duschen und Umziehen blieb ihr danach nur noch eine knappe halbe Stunde.
Als sie ihren Überraschungsgast später im Keller präsentierte, maulte Nina: „Was macht der denn hier?"
„Lächeln", befahl Susanne.

*

Das Faschingsfest war dennoch ein voller Erfolg gewesen, vielleicht sogar dank Lars, wer konnte das im Nachhinein schon sagen?
Lars war ein ausgezeichneter Gesellschafter und wusste eine Menge lustiger Geschichten rund ums Kochen zu erzählen. Zumindest waren sie in seiner Erinnerung lustig. Außerdem hatte er unter den Gäste eine Art Interview zum Thema: „Was halten Sie von der neuen Herrin des Rosenschlösschens?" durchgeführt.
Erst hatte Susanne das furchtbar peinlich gefunden, aber ihre Gäste fanden es offenbar ganz witzig und hatten ebenso lustige wie schmeichelhafte Antworten gegeben.
„Eine absolute Bereicherung für den ganzen Ort", hatte der junge Gemeindearzt gesagt und alle hatten gelacht, weil er das kaum wissen konnte, da er doch erst nach Susanne hier angekommen war.

„Ich kann mir Kaiserstein ohne Frau Rieger eben gar nicht vorstellen", pariert er gut gelaunt.

Der Bäcker war weniger leutselig gewesen: „Jo, passt scho", war alles, was ihm dazu einfiel.

Danach hatte Lars mit der allergrößten Selbstverständlichkeit ein paar uralte Party-Spiele aufleben lassen. Nie im Leben hätte Susanne ihre Gäste zu Eierlauf und Orangentanz aufgefordert, aber die schienen sich gut zu unterhalten und auch die Kids machten freudig mit, also war alles in Butter und anschließend wurde gleich weiter getanzt. Lars hatte sich auch da nicht lumpen lassen und – nach Susanne – auch mit Doris, Nina und Frau Kramreiter getanzt. Sogar Tante Anna hatte er zu einem langsamen Walzer überredet.

„Tanzen kann er immerhin", hatte Doris ihr beim Zubettgehen zugeflüstert. Doris war eine begeisterte Tänzerin und eine gute noch dazu, wie Susanne wusste. Allerdings traute man ihr das kaum zu, auch Lars schien überrascht gewesen zu sein.

Ja, er hatte schon seine Qualitäten. Nur schade, dass aus dem sonntäglichen Weiberfrühstück mit Doris, das gewöhnlich bis in die frühen Nachmittagsstunden dauerte, nun nichts geworden war.

„Das holen wir nach, wenn du das nächste Mal zu mir kommst", tröstete Doris beim Abschied. „Du kommst doch zum Klassentreffen?"

„Unbedingt. Also, fahr vorsichtig und komm gut heim!"

„Ja, Mama", antwortete Doris trocken und fuhr davon. Sie winkten ihr nach, bis ihr alter Volvo im Nebel verschwunden war.

„Endlich allein", flüsterte Lars ihr ins Ohr. Sie wandte sich ihm zu: „Wie lange kannst du denn bleiben?"

„Wie lange möchtest du, dass ich bleibe?"

Gewissensfrage. „Kannst du dich denn so einfach aus deiner Küche stehlen?", rettete sie sich in eine Gegenfrage.

„Wozu zahle ich teures Geld für meinen Sous-Chef? Du hast geschrieben, du brauchst mich. Voilà, da bin ich!"

Seine Stimme klang irgendwie nach Verlockung. Heiliger Himmel. Genau genommen hatte sie doch nur geschrieben, sie brauche weniger umständliche Rezepte.

Sie wandte sich der Wohnküche zu, überlegte es sich dann aber und ging in das daneben liegende Büro. Er folgte ihr.

„Wollen wir gleich beginnen?", fragte sie über die Schulter.

„Hat das nicht Zeit bis morgen?"

„Und was machen wir heute? Einen Spaziergang vielleicht?" Er legte beide Hände auf ihre Schultern. „Heute reden wir einmal über uns und unsere Zukunft."

Nur das nicht, durchfuhr es Susanne.

„Und du meinst, dass das den Tag füllt?", fragte sie so flapsig, wie es ihr möglich war.

Sein Blick schien vorwurfsvoll: „Merkst du eigentlich nicht, was ich dir sagen will?"

Nein, das konnte er nicht meinen. Niemals.

Also sagte sie: „Im Klartext, bitte", und schaltete den Computer ein, nur um irgendetwas zu tun.

„Susanne, ich möchte dich heiraten."

Stille.

„War der Text jetzt klar genug?", fragte er höflich nach.

„Doch, schon", stotterte sie, „aber ich glaube, du hast da etwas falsch verstanden."

„Susanne, ich liebe dich!"

„Lars, du bist ein sehr lieber Freund, ein exzellenter Koch, ich finde es sehr angenehm, Zeit mit dir zu verbringen, aber erstens kennen wir uns doch kaum und zweitens möchte ich nicht heiraten."

„Alles kein Problem. Erst lernen wir uns noch besser kennen und dann leben wir eben in wilder Ehe zusammen. Ist ja vielleicht auch viel aufregender", lachte er.

Das konnte doch nicht wahr sein, sie musste träumen.

„Und wie stellst du dir das vor? Kommst du zu mir ins Rosenschlösschen?"

„Aber meine Schöne, du weißt doch, dass ich aus Hamburg nicht weg kann. Das Landhaus König ist mein Leben."

„Und das hier ist mein Leben, das ..."

„Das du dir eben erst aufbaust. Aber das brauchst du nicht. Glaub mir, ich verdiene genug für uns beide."

„Lars, das kann ich nicht. Ich habe mein Leben lang für mich selbst gesorgt. Seit ich erwachsen bin, habe ich für meinen Lebensunterhalt gearbeitet."

Er breitete die Hände aus: „Ich verstehe dich ja. Alles kein Problem, meine Schöne. Du kannst in meinem Restaurant arbeiten."

„Was genau schwebt dir vor: Serviermädchen oder Küchenjunge?"

„Als Dame des Hauses. Genau! Das ist es. Du wirst die gute Seele des Landhauses König."

Susanne seufzte und stütze den Kopf in die Hände.

„Du verstehst mich nicht."

„Das fürchte ich allerdings auch", antwortete er. Es klang gekränkt. Das wollte sie auch wieder nicht, das hatte er nicht verdient.

Sie stand auf, lächelte und fuhr ihm durchs Haar: „Weißt du was, jetzt mach ich uns erst einmal eine Trostsuppe. Mit einem Teller Suppe im Magen sieht alles gleich ganz anders aus."

Dagegen erhob er keinen Einwand und folgte ihr wortlos in die Küche.

„Ich habe eine köstliche Rindsuppe. Was möchtest du als Einlage: Leberknödel, Grießnockerl oder Lungenstrudel? Grießnockerl mache ich frisch, der Rest ist eingefroren."

„Dann die Grießnockerl, bitte."

Sie sprachen über Grießnockerl und das Buffet des gestrigen Abends, wobei er besonders den Rindfleischsalat lobte, den sie am Ende noch mit einem Hauch Chili aufgepeppt hatte.

Nach dem Essen schlug er vor, einen Spaziergang zu machen. Dagegen ließ sich wenig sagen. Vielleicht würde die kalte Luft ihn ein wenig abkühlen.

Doch kaum waren sie ein paar Schritte gegangen, sagte er: „Und, hat die Suppe meine Pläne bekömmlicher gemacht?"

„Lars, es ist ja nicht so, dass ich mich über deinen Antrag nicht freue, aber er kommt zur Unzeit."

„Kommt er zu früh?"

„Auch das. Wir haben doch keine Eile. Lass uns Zeit!"
„Na gut. Aber ich komme darauf zurück." Später half er ihr bei der Abwandlung der Rezepte und abends machte sie ihm einen Fleischaufstrich, der ihm sicher weniger gemundet hätte, hätte er gewusst, dass es sich um die Reste des Vorabends handelte. Aber derart pragmatische Überlegungen fochten ihn ja nicht an.

*

Als Lars am Mittwoch abfuhr, war die grundlegende Arbeit für das Kochbuch getan. Jetzt musste sie nur noch einige Rezepte ins Reine Schreiben und – mit Ninas Hilfe – sämtliche Dokumente in eine Datei zusammenführen. Er war wirklich eine große Hilfe gewesen. Schon erstaunlich, da wusste einer, wie es praktischer ging, und machte es doch umständlich. Susanne bezweifelte, ob viele seiner Gäste erkannten, dass die Zabaione mit der Hand aufgeschlagen wurde. Mixer kam für Lars nicht infrage.

Am Dienstagabend hatte sie ihn, zum Dank, in eines der besten Restaurants der Gegend eingeladen, doch der Abend verlief nicht ganz nach ihren Vorstellungen, denn schon beim Aperitif war Lars noch einmal auf den eigentlichen Grund seines Besuches zurückgekommen. Da hatte sie ihn, vielleicht allzu deutlich, an ihre Vereinbarung erinnert, das Thema vorerst zu lassen.

Dann hatte entweder der Koch einen schlechten Tag gehabt oder Lars hatte ihre Antwort den Appetit verdorben. Jedenfalls ließ er kein gutes Haar an der Leistung seines Kollegen.

Für die Vorspeise – ein Lachsbutterschnitzel auf Erbsen-Minzeschaum – vergab er das Prädikat unauffällig, an der Hauptspeise bemängelte er die Grammelknödel, die müssten beim Reinbeißen knacken, und das Dessert – Variationen vom Sorbet – wäre überhaupt am unteren Ende der Genussskala angesiedelt gewesen. Langsam reichte es Susanne.

„Das tut mir leid", sagte sie leicht säuerlich, „aber ich habe dir gesagt, die Hausspezialität hier ist der Topfenschmarren."

„Ich mag aber keinen Quark."

„Quark klingt ja auch ganz scheußlich."
„Daran wird's wohl liegen", gab er spitz zurück, doch dann musste er doch lachen und Susanne stimmte fröhlich mit ein.
„Weißt du was", lenkte er ein: „Jetzt fahren wir nach Hause und machen es uns noch mit einem Glas Champagner gemütlich." Als sie dann friedlich vereint im Wohnzimmer saßen, fragte Susanne: „Warst du eigentlich je verheiratet?"
Er nickte. „Dreimal. Es war jedes Mal sehr schön."
„So schön, dass ihr euch habt scheiden lassen?"
„Alles hat seine Zeit und alles hat seinen Sinn, schöne Schlossherrin. Jetzt bin ich frei für dich!"
Er wollte es einfach nicht verstehen.

*

Felix hatte die Faschingsparty als ganz okay bezeichnet, die Vorbereitungen wären hingegen urcool gewesen. Er war ihnen, gänzlich freiwillig, in der Küche zur Hand gegangen, hatte Schinken, Käse und Gemüse in Würfel geschnitten und Kipferl geformt.
„Das musst du dir mal vorstellen", berichtete Nina. „Den ganzen Sonntag haben wir die restlichen Salate gegessen und Montag wollte er unbedingt schon wieder Nudelsalat. Aber da hatte er bei Tante Anna schlechte Karten. Die hat gesagt, wer kocht, schafft an, und hat Bratwurst mit Sauerkraut gemacht. Jetzt will er unbedingt kochen lernen, dann gäbe es nur noch seine Lieblingsgerichte."
„Gar keine schlechte Idee, ich könnte es ihm beibringen", sinnierte Susanne.
Nina sah sie entsetzt an: „Aber wirklich nicht, wir wollen doch nicht jeden Tag Spaghetti essen!"
Aber Susanne hörte ihr gar nicht mehr zu, sie verfolgte eine neue Idee und rief begeistert: „Das ist es! Wir veranstalten Kinderkochkurse. Dazu brauchen wir auch keine teuren Starköche, das machen wir selbst!"
„Du und eine Horde Kids, das kann ich mir super gut vorstellen", ätzte Nina.

„Du hast recht, das wäre wirklich nichts für mich. Deswegen wirst du die Kurse leiten."

„Und du meinst, davon habe ich immer schon geträumt?"

„Wir könnten natürlich auch Frau Kramreiter fragen", warf Susanne ein.

„Okay, okay. Ich mach's ja!"

Schon drei Wochen später fand der erste Kinder-Kochkurs statt. Vier Mädchen und drei Buben hatten sich angemeldet.

„Vielleicht sollte ich auch kommen, wäre mein Schwierigkeitsgrad", gab Doris sich am Telefon selbstkritisch.

„Warum gibt es in deiner Kochakademie eigentlich keine Anfänger-Kurse für Leute wie mich?"

„Aber kochen hat dich doch nie interessiert."

„Zugegeben, ich kann mir wesentlich interessantere Beschäftigungen vorstellen. Ich möchte auch nicht stundenlang in der Küche herumstehen und jedes Salatblatt einzeln trockentupfen. Aber wenn ich dir zuschaue, wie du mit wenigen Handgriffen etwas Köstliches zauberst, so wie diese Nudeln mit dem Schneckenragout, als du letztens bei mir warst, da denke ich manchmal: Das würde ich auch gerne können."

„Mhm", machte Susanne.

„Verstehst du, einfache Gerichte, ohne viel Schnickschnack und alles was ich dazu brauche, muss ich im nächsten Supermarkt bekommen."

„Beim nächsten Mal üben wir Tomaten mit Mozzarella", scherzte Susanne, doch Doris rief: „Ja genau! Dann noch Omelette, deine herrliche Minestrone, ein gutes Sugo, solche Sachen."

„Das muss man doch nicht lernen!"

„Ich schon", hielt Doris dagegen.

„Also, ich kann mir zwar nicht vorstellen, dass das jemand hinter dem Ofen hervorlockt, aber einen Versuch wär's wert", gab sie zu.

Und wieder war eine neue Geschäftsidee geboren. Sie nannte den Kurs, den sie selbst leitete, „Kochen für Küchenmuffel", setzte einen Termin fest, den Sie auf ihrer Website, auf Facebook und Twitter postete. Innerhalb von drei Tagen war er ausgebucht.

Doris hatte sich als Erste angemeldet und einen Kollegen mitgebracht.

„Guter Typ", flüsterte Susanne ihr verschwörerisch zu.

„Gewiss", antwortete die seufzend. „Aber leider nur geborgt. Seine neue Freundin kann scheinbar auch nicht kochen, will er nicht verhungern, muss er selbst ran."

Schon interessant, dachte Susanne, während sie zusah, wie Doris sich bemühte, aus einer ganzen Zwiebel viele kleine Würfelchen zu machen. Selbst leidlich emanzipierte Frauen wie Doris scheinen immer noch der Meinung zu sein, dass Kochen in erster Linie den Frauen zustünde.

„Warum hat er sie denn nicht mitgebracht?", raunte sie Doris zu.

„Die hatte Besseres vor, sie weilt auf einem Ärztekongress."

Schwang da etwa eine unterschwellige Kritik mit?

*

„Wer will schon Heublumensuppe im Brot?", fragte sich Susanne, während sie auf der Suche nach leistbaren Haubenköchen die Speisekarten diverser Restaurants studierte.

Anderseits kochten die Kursteilnehmer der „Meisterklasse", wie sie die Kurse mit den hoch dekorierten Köchen neuerdings nannte, meist wirklich auf hohem Niveau. Die wollten schon etwas Besonderes lernen. Während sie noch überlegte, ob sie sich für den wilden Steirer oder den feurigen Spanier (Selbsteinschätzung laut Website) entscheiden sollte, läutete das Telefon.

„Rieger."

„Hallo Susanne, hier spricht Alfred, kennst du mich noch?"

„Hältst du mich schon für senil?", fragte sie lachend zurück.

Alfred war einer ihrer ehemaligen Kollegen, sie hatte seit dem Eröffnungsfest und einer Weihnachtsmail nichts mehr von ihm gehört.

Sie tauschten die üblichen Höflichkeitsfloskeln aus, ehe er auf den Grund seines Anrufes zu sprechen kam: „Ich habe einen Kunden, der seine Kohle gerne in eine Immobilie stecken möchte. Am liebsten hätte er etwas auf dem Lande mit ein wenig Grundbesitz, gerade so viel, dass er ein paar Pferde einstellen kann, eine kleine Koppel, ein Mistplatz, du weißt schon."

„Und was soll ich dabei?"

„Nun ja, ich dachte, vielleicht hast du etwas gehört. In deiner Umgebung vielleicht, könnte ja sein. Es sollte halt schon was Repräsentatives sein, damit er vor seinen Freunden ein wenig angeben kann."

Susanne überlegte: „Im Moment fällt mir nichts ein, aber ich höre mich gerne um."

„Tu das. Dann machen wir ein Kollegen-Geschäft wie in alten Zeiten."

Sie plauderten noch eine Weile über die alte Zeiten, dann erkundigte er sich eingehend nach dem Gang der Geschäfte und zum Abschluss fragte sie: „Wie viel will dein Kunde denn anlegen?"

„Ein zwei Milliönchen können's schon sein."

Als sie auflegte, rieb sie sich die Hände. Wenn sie es richtig verstanden hatte, war da jemand an ihrem Rosenschlösschen interessiert. Gut, mit den zwei Millionen wollte er ihr den Mund wässrig machen, aber eine Million war schließlich auch nicht zu verachten. Blöd nur, dass sie nicht verkaufen wollte, aber gut zu wissen, dass es im Ernstfall möglich wäre.

Plötzlich tauchte Lars' Gesicht vor ihr auf. Selbst nach Rückzahlung des Darlehens, das sie doch noch hatte aufnehmen müssen, und nach Abzug der Steuer bliebe noch ein netter Betrag übrig, groß genug, um finanziell nicht von Lars abhängig zu sein.

Hamburg ist eine schöne Stadt, Lars ein interessanter Mann – und Werner? Werner interessierte sich nicht für sie. Schmerzlich, aber wahr. Sie hätte also nichts zu verlieren. Wenn es schiefging, brauchte sie einfach nur ihre Koffer zu packen.

Dann schüttelte sie energisch den Kopf, als wollte sie die Gedanken daran ebenfalls abschütteln, und griff erneut zum Telefon, um ihren Fleischhauer zu fragen, ob er ihr Kinnlappenfleisch vom iberischen Eichelschwein beschaffen könne.

„Na, kann i net", sagte der. „Aber wenn du willst, kriegst ein Göderl vom Bio-Hausschwein, des hat auch schon einmal Eicheln g'fressen. Wetten, dass dein Superkoch den Unterschied eh net bemerkt?"

Darauf hätte Susanne lieber nicht gewettet, aber da sie weder iberisches Eichelschwein und schon gar nicht dessen Kinnlappenfleisch ergattern konnte, nahm sie das Göderl vom Hausschwein.

Wolfsbarsch in der Salzkruste

2 mittelgroße Fische (Wolfsbarsch ist ideal)
1–1½; kg grobes Meersalz (wer mag, kann etwas Chilisalz daruntermischen – aber mit großer Vorsicht!)
4 Knoblauchzehen, in Scheiben geschnitten
Petersilie
Eischnee von einem Eiweiß
Salz, Pfeffer

Den Fisch schuppen (noch besser: vom Fischhändler schuppen lassen), auf einer Seite zweimal schräg einschneiden (nicht zu tief), mit etwas Salz und Pfeffer einreiben, einige Knoblauchscheiben in die Einschnitte stecken, den Rest gemeinsam mit der gewaschenen Petersilie in den gut gereinigten Bauchraum stecken.

Ein Backblech mit Backpapier auslegen, einen Teil des groben Meersalzes darauf verteilen, die Fische darauf legen, das restliche Salz mit dem Eischnee vermischen und fest auf den Fisch drücken. Der Fisch muss gänzlich bedeckt sein.

Den Fisch in das vorgeheizte Backrohr schieben und 25–30 Minuten bei etwa 210 Grad garen lassen.

Die obere Salzschicht einschlagen und den Fisch vorsichtig auf einen Servierteller legen.

Dazu passen Mayonnaise, Vinaigrette oder die klassische Aioli, Kartoffeln und Salat.

„Schönheit muss leiden", sagte Nina weise und angelte sich auch noch die letzte Rumkugel. Susanne beneidete sie darum, während sie selbst einen Schluck ungesüßten Kräutertee nahm.

Dabei hatte auch Nina in den letzten Monaten das eine oder andere Kilo zugenommen, im Gegensatz zu ihr allerdings an den richtigen Stellen.

„Dafür werde ich zum Klassentreffen in einem umwerfenden Kostüm erscheinen. Es würde dir übrigens gefallen, es ist lila."

Nina schnitt eine Grimasse, enthielt sich aber jeden Kommentars, also fuhr Susanne fort: „Apropos Klassentreffen. Ich hätten für diesen Termin eine Anfrage: Zwei Personen für das Überraschungsdinner. Übernimmst du das?"

Nina sah in ihren Kalender: „28. März. Okay. Willst du das Menü zusammenstellen?"

Das würde sie eigentlich sehr gerne, aber weil sie ahnte, dass Nina das als Misstrauensvotum werten würde, sagte sie mit mehr Gleichmut, als sie empfand: „Du wirst schon etwas zusammenstellen. Aber schreib es bitte in unsere Menü-Sammlung. Wenn du auch den Einkauf übernimmst, könnte ich schon einen Tag früher wegfahren."

„Einkaufen ist meine Leidenschaft", antwortete Nina ohne Euphorie, was so viel hieß wie: Fahr nur, ich mach das schon.

Sie hatte sich in der Zwischenzeit an Ninas Codeworte gewöhnt.

*

Obwohl das Klassentreffen erst am Donnerstagabend stattfand, fuhr Susanne schon am Mittwoch los. Vier Tage Stadtluft schnuppern – herrlich!

Sie würde heute shoppen gehen, morgen mit Doris das Klassentreffen besuchen, bei ihr übernachten, sich am Freitagabend mit Nora und einigen ehemaligen Kollegen treffen, am Samstagabend noch einmal ausgiebig mit Doris tratschen und im Laufe des Sonntags langsam wieder nach Hause gondeln.

Die Sonne schien, der Himmel war kitschig blau, und sie fühlte sich prächtig. Frei und ungebunden – und so sollte es auch noch eine Weile bleiben. Das hieß nicht, dass sie Lars' Angebot, bei ihm in Hamburg zu leben, nicht ernst genommen oder sich dagegen entschieden hatte. Alles, was sie entschieden hatte, war, die Entscheidung hinauszuschieben. Im Herbst war es ein Jahr, dass sie das Rosenschloss seiner neuen Bestimmung zugeführt hatte. Bis dahin wollte sie jedenfalls zuwarten.

„Machst du deine Entscheidung, mit mir zu leben, jetzt vom Betriebsergebnis abhängig?", hatte er beleidigt gefragt.

So betrachtet schien das tatsächlich unfair. Aber warum konnte er nicht einsehen, dass es wichtig für sie war, mit dem Rosenschlösschen Erfolg zu haben? Er würde auf seine Erfolge schließlich auch nicht verzichten wollen.

„Er versteht es einfach nicht", sagte sie am Abend zu Doris, als sie es sich endlich mit einem Glas Prosecco gemütlich gemacht hatten.

„Natürlich nicht", antwortete die. „Er ist ein Chauvinist, kein nationaler, ein männlicher. Was ist eigentlich mit diesem Werner? Hat der sich immer noch nicht gemeldet?"

Susanne schüttelte stumm den Kopf und spielte gedankenverloren mit ihrem Glas, ehe sie antwortete: „Eigentlich finde ich das unerhört."

„Du sagst unerhört, aber es klingt eher nach traurig."

Susanne betrachtete eingehend ihr Glas, ehe sie antwortete: „Du weißt, ich habe immer schon vermutet, dass er eine jüngere Freundin hat, aber deswegen hätte er sich doch einmal bei mir melden können. Außerdem ist die sowieso viel zu jung für ihn."

Doris stand auf und schaltete die Stehlampe ein, ehe sie sagte: „Das sieht doch kein Mann so. Wir Frauen können gar nicht jung genug sein, aber wehe, es ist einmal umgekehrt. Ich habe übrigens eine kalte Platte für uns vorbereitet."

Kalte Platte, na ja, das Kochseminar schien nicht viel gebracht zu haben.

*

Das Treffen mit den Ex-Kollegen zog sich dahin. Susanne sah ja ein, dass das neue Steuergesetz ungünstig war, und auch die geplante Wohnrechtsnovelle würde das Leben der Kollegen nicht vereinfachen – nur, das alles interessierte sie nun nicht mehr, zumindest nicht im Detail.

Schon seltsam. Da hatte sie ihr ganzes Berufsleben mit diesen Dingen zugebracht – und plötzlich waren sie nicht mehr so wichtig. Wichtig schon, aber eben nicht mehr für sie. Verstohlen sah sie auf die Uhr – erst halb elf.

„Du willst doch nicht schon gehen wollen?", schien Nora ihre Gedanken zu erraten.

„Es ist gestern bei unserem Klassentreffen ziemlich spät geworden", antwortete sie ebenso wahrheitsgemäß wie ausweichend.

„Erzähl doch einmal von deinem neuen Leben als Schlossherrin", forderte Erwin, ihr Sitznachbar, sie auf.

„Nur damit du dir keine falschen Hoffnungen machst. Das Rosenschlösschen heißt zwar so, weil es eine Zeit lang als Jagdschloss gedient hat, aber es ist eigentlich eher ein Gutshaus."

„Architekt Hausmann war jedenfalls ganz angetan. Wie geht es ihm jetzt?"

„Das darfst du mich nicht fragen. Ich habe schon ewig nichts von ihm gehört", antwortete sie wie nebenher und wollte sich eben wieder Nora zuwenden, als Erwin nach ihrem Arm fasste.

„Wie, du weißt nichts von ihm?"

Sie sah verwundert auf seine Hand. „Er hat sich seit Monaten nicht mehr bei mir gemeldet", antwortete sie und wendete sich endgültig Nora zu.

„Dann weißt du es gar nicht?"

Abrupt drehte sie sich zu Erwin um: „Was weiß ich nicht?"

„Hausmann hat doch diesen fürchterlichen Unfall gehabt."

Sie fühlte, wie ihr Herz plötzlich hämmerte.

„Ich – ich hatte keine Ahnung davon. Erzähl!"

Erwin sah sie überrascht an. „Allzu viel weiß ich leider auch nicht. Nur dass er einen ziemlich schweren Verkehrsunfall hatte, in einem Tunnel. Erst hat es ziemlich schlimm ausgesehen, aber vor einigen Wochen habe ich zufällig seine Tochter getroffen, die hat mir erzählt, dass er auf Reha ist."

Susanne nahm einen Schluck Wasser, ihr war ganz schwummerig geworden.

„Ich dachte, seine Tochter lebt in London", sagte sie, nur um irgendetwas zu sagen.

„Sie ist schon seit Monaten wieder zurück."

Der Rest des Abends war irgendwie vergangen – wie genau, konnte Susanne nicht mehr sagen. Als sie zu Doris kam, war es knapp vor Mitternacht. Doris saß in ihrem Hausanzug am Schreibtisch und las. Der Raum lag weitgehend im Dunkeln, nur die Schreibtischlampe verbreitete angenehmes Leselicht, irgendwo sang Doris Day „whatever will be, will be".

Gott sei Dank, dass sie noch wach ist, dachte Susanne. Sie musste jetzt unbedingt mit jemand reden, musste überlegen, was zu tun war.

Als sie eintrat, sah Doris von ihrem Buch auf: „Da bist du ja. Ich wollte gerade zu Bett gehen." Sie schaltete ihren Reader aus.

„Gut, dass du es nicht getan hast, ich hätte dich nämlich auf der Stelle geweckt!"

Doris sah sie erstaunt an. „Hast du einen Geist gesehen?"

„So ähnlich. Du ahnst nicht, was ich eben erfahren habe! Stell dir vor, Werner hatte einen Unfall." Nahezu atemlos berichtete sie das Wenige, was man ihr erzählt hatte.

„Ich muss morgen früh sofort versuchen, diese Tochter ausfindig zu machen. Hoffentlich heißt sie immer noch Hausmann, sonst finde ich die doch nie."

„Es wird doch irgendjemand geben, der Genaueres weiß", überlegte Doris.

„Natürlich, aber ich weiß so wenig über Werner. Wir haben zwar jahrelang zusammengearbeitet, aber in der Zeit haben wir nie über uns geredet. ‚Schönes Wochenende gehabt? Ja, danke.' Das war's dann. Erst als ich ihn in Abano getroffen habe, sind wir uns näher gekommen. Später haben wir über alles Mögliche geredet, aber scheinbar hat er mir nichts Wesentliches von sich erzählt."

„Wahrscheinlich weil DU die ganze Zeit gequasselt hast."

Susanne warf Doris einen schrägen Blick zu, dann sagte sie: „Schon möglich."

„War er eigentlich verheiratet?", wollte Doris wissen.

„Seine Frau ist an Krebs gestorben, da war seine Tochter erst sechzehn. Da die in der Zwischenzeit ihr Studium beendet und als Architektin in London gelebt hat, muss das mehr als zehn Jahre her sein."

*

Am nächsten Morgen wollte Susanne im Internet nach Werners Tochter suchen, aber sie kannte ja nicht einmal deren Vornamen und Hausmann war ein zu gebräuchlicher Name. Weitere Anhaltspunkte hatte auch sie nicht. Das Einzige, was er ihr im Sommer erzählt hatte, war, dass seine Tochter bei irgend so einem Super-Architekten mehr oder weniger für Wasser und Brot arbeitete, nur um in ihrer Vita später vermerken zu können, dass sie in diesem Büro hatte arbeiten dürfen. Sie erinnerte sich, dass sie sich darüber ereifert hatte, wie unfair es sei, gut ausgebildete junge Menschen dermaßen auszunutzen. Aber Werner hat nur lächelnd gesagt: „Des Menschen Wille ist sein Himmelreich. Sie muss es ja nicht tun. Ich wäre heilfroh, wenn sie endlich bei mir einsteigen würde."

Ungeduldig hüpfte sie von Eintrag zu Eintrag, doch alles, was sie fand, war eine Website seines Architekturbüros – es war zum Mäuse melken. Entmutigt stand sie auf: „Das hat keinen Sinn, ich muss es in seinem Büro versuchen."

„Aber heute ist doch Samstag", warf Doris ein.

„Selbstständige arbeiten bekanntlich selbst und ständig", hielt Susanne dagegen und wählte die Büronummer, doch wie zu erwarten gewesen war, meldete sich nur der Anrufbeantworter.

„War ja klar", murrte sie und machte sich auf den Weg zu ihrem Auto.

Werners Büro lag in einem Außenbezirk, nicht gerade Cottage, aber ruhig und grün. Der Standort passte irgendwie zu ihm, dachte Susanne, während sie die Hausnummer suchte. Unspektakulär, aber solide. Werners Büro war in einem sanierten Hauerhaus untergebracht, das wusste sie vom Vorbeifahren; dass er ganz in der Nähe seine Wohnung hatte, wusste sie auch.

Sie war schon einmal hier durchgefahren, damals, im Herbst, als sie nach seinem Auto Ausschau gehalten hatte. Meine Güte, den schönen alten Jaguar gab es wahrscheinlich gar nicht mehr, dachte sie mit einem Schaudern und schickte ein kurzes Stoßgebet zum Himmel, dass es Werner einigermaßen gutgehen möge.

Sie parkte zwei Häuser weiter. Während sie ihren Wagen abschloss und auf das Haus zuging, spürte sie, wie ihr Puls raste. Diese Ungewissheit machte sie wahnsinnig. Was würde sie erfahren? Möglicherweise saß Werner im Rollstuhl, oder er konnte nicht sprechen, hatte sie nicht erst kürzlich einen Bericht über Menschen gesehen, die als Folge eines Verkehrsunfalls dauerhaft behindert waren? Sie spürte, wie sie innerlich zitterte. Sie musste jetzt positiv denken.

An der Sprechanlage waren zwei Schilder angebracht. Auf einem stand: Müller. Der Name sagte ihr nichts, auf dem anderen Schild stand: Architekturbüro.

Sie läutete, lauschte, nichts rührte sich. Als sie sich schon abwenden wollte, hörte sie einen schlurfenden Schritt. Dann öffnete sich die Tür.

Hager war er geworden und ein wenig blass war er auch, aber sonst schien er ihr wie früher.

„Susanne!"

„Da staunst du", lachte sie nervös und war doch erleichtert, ihn so weitgehend unversehrt zu sehen. Als er keine Anstalten machte, sie weiter zu bitten, fragte sie, immer noch lächelnd: „Darf ich reinkommen oder wollen wir es uns auf dem Gehsteig gemütlich machen?"

Endlich trat er zurück: „Entschuldige, ich war, … ich bin, … ich meine, ich weiß gar nicht, was ich sagen soll."

„Mit mir hast du wohl nicht mehr gerechnet, aber weißt du, ich bin nicht so leicht abzuschütteln", sagte sie mit leiser Ironie.

Langsam, auf einen Stock gestützt, ging er voran in sein Büro. Das rechte Bein zog er nach, es schien steif zu sein. Er bot ihr Platz an, ehe er sich ganz langsam in seinen Schreibtischsessel gleiten ließ.

„Ich freue mich, dass du da bist", sagte er schlicht. Es klang ehrlich. Dennoch antwortete sie spitz: „Diese Freude hätte ich dir gerne schon sehr viel früher gemacht."

Sie hatte sich in den letzten Monaten immer wieder gefragt, was wohl mit ihm los war, und seit gestern Abend war sie ernsthaft in Sorge gewesen. Aber jetzt, wo er weitgehend intakt vor ihr saß, stieg Ärger in ihr hoch. Verdammt noch mal, warum hatte er sich nicht bei ihr gemeldet?

Ein kleines Lächeln seinerseits, mehr mit den Augen, sie kannte das schon, aber es verursachte immer noch ein warmes Gefühl in ihr.

„Weißt du, ich war längere Zeit nicht Herr meiner Sinne. Genau genommen mehr als acht Wochen. Und als sie mich dann endlich aus dem künstlichen Tiefschlaf erwachen ließen, war ich auch noch lange nicht ganz fit."

Das war sicher die Untertreibung des Jahres.

„Ich habe erst gestern von deinem Unfall erfahren. Wann und wo ist es denn passiert?"

„Anfang November. Nach unseren mehrfach verunglückten Verabredungen wollte ich dich überraschen und …"

Sie ließ ihn nicht ausreden: „Du warst auf dem Weg zu mir, als es passierte?"

„Mehr oder weniger. Ich wollte mir in der Nähe einen Bauplatz ansehen und dann zu dir kommen. Auf dem Weg zum Bauplatz ist es dann passiert. Ich weiß nur noch, dass ich in den Tunnel eingefahren bin, danach weiß ich nichts mehr."

„Weiß man denn in der Zwischenzeit, wie es passiert ist?"

„Die Verkehrsexperten vermuten, dass mich ein Fahrzeug geschnitten hat, weil rote Farbspuren auf der Fahrertür meines Autos waren, aber es war kein zweites Auto mehr da. Das Ganze war direkt bei der Tunnelausfahrt passiert. Es war um die Mittagszeit, ein sonniger Tag. Möglicherweise wurde der Fahrer geblendet, oder auch ich. Man hat das zweite Fahrzeug nie gefunden."

Sie merkte, wie seine Hand leicht zitterte, doch sonst schien er vollkommen ruhig.

„Möchtest du eine Tasse Tee?", fragte er.

„Gerne. Aber nur, wenn ich sie machen darf."

Er erhob sich, stützte sich dabei auf den Stock. „So hinfällig bin ich denn auch wieder nicht. Aber du kannst gerne mitkommen, mit dem Servieren habe ich noch ein gewisses Problem."

Sie folgte ihm in eine kleine Teeküche und sah zu, wie er Wasser in einen Wasserkocher füllte und zwei Teetassen aus einem Küchenschrank holte. Echte Teetassen, aus feinem Porzellan, wie man sie in Büros üblicherweise nur sehr selten antraf. Es gab sogar eine passende Teekanne dazu.

Als sie wieder im Büro waren, sah sie ihre Weihnachtskarte auf einem kleinen Tischchen neben der Besprechungsgarnitur. Das rührte sie, dennoch sagte sie in geschäftsmäßigem Ton: „Ich habe einige Male versucht dich zu erreichen, dir Mails geschrieben oder auch SMS, so genau weiß ich das nicht mehr. Aber niemand hat mir gesagt, was passiert ist."

„Mein Handy muss wohl aus dem Auto geschleudert worden sein, es wurde nie gefunden. Ich lag, wie gesagt, im künstlichen Tiefschlaf, erst nach Weihnachten hat man mich langsam wach werden lassen. Danach musste ich noch einige Wochen im Krankenhaus bleiben und von dort kam ich gleich auf Rehabilitation. Ich bin erst seit ein paar Tagen wieder zu Hause, seit ich wieder einigermaßen gehen kann."

„Aber reden kannst du doch schon länger."

Er sah sie eindringlich an. „Susanne, ich war gelähmt und saß ihm Rollstuhl. Außer meiner Tochter, meinen Geschäftspartnern und unseren Mitarbeitern habe ich niemanden informiert. Kannst du das verstehen?"

„Eigentlich nicht."

Nun lächelte er: „Das habe ich befürchtet. Versuchst du es bitte trotzdem?"

Wer konnte diesem Blick schon widerstehen? Sie jedenfalls nicht. Sie blieb zwei Stunden, es gab ja so viel zu erzählen. Dann hatte sie das Gefühl, dass Werner schon sehr müde war, und erhob sich.

„Ich muss jetzt gehen. Soll ich dich vielleicht nach Hause bringen?"

„Nein, danke. Ich hab's nicht weit und ich soll ja Bewegung machen, soweit ich eben kann."

„Dann machen wir morgen, bevor ich abfahre, noch einen Spaziergang, einverstanden?"

„Ich gehe aber nur sehr langsam und der Weg muss eben sein."

„Dachtest du, ich wollte mit dir auf den Kahlenberg? Den heben wir uns für nächste Woche auf. Also dann, bis morgen!"

„Ja gerne, wenn du meinst", antwortete er in seiner bedächtigen Art und reichte ihr die Hand. Doch Susanne packte ihn bei den Schultern und küsste ihn – auf die Stirn.

*

Der Samstagnachmittag war noch sonnig gewesen, aber am Sonntag war der Himmel grau in grau. „Willst du nicht lieber hereinkommen?", fragte Werner. „Wir könnten einen Tee trinken."

„Du sollst aber doch gehen. Nein, wir machen es wie vereinbart. Wir gehen eine Runde durch den Stadtpark und dann zum Italiener."

„Es könnte allerdings sein, dass es regnet und da ich für weitere Strecken zwei Krücken benötige …"

„Ich werde meinen Schirm schützend über dich halten. Los, komm schon."

Es fiel ihr schwer, so langsam zu gehen, und knapp vor Ende ihrer Runde fing es tatsächlich zu regnen an. Kein angenehmer, zarter Frühlingsregen. Nein, dieser kam mit Wind daher und sie hatte alle Hände voll zu tun, den Schirm so zu halten, dass sie nicht beide entsetzlich nass wurden. Als sie dann endlich beim Italiener saßen, war ihre Frisur ziemlich zerzaust und auch die linke Schulter ihrer Kostümjacke war ordentlich nass geworden.

„Ich habe dich gewarnt", sagte er. „Es ist im Moment nicht einfach mit mir."

„Ganz so kompliziert, wie du tust, ist es aber auch nicht", gab sie heroisch zurück.

„Kompliziert genug", erwiderte er. Er wirkte kraftlos. Möglicherweise war der Spaziergang doch zu viel für ihn gewesen.

„Eine heiße Suppe wird uns guttun", antwortete sie mit mehr Fröhlichkeit, als sie empfand.

Sie nahmen beide Minestrone und danach den Wolfsbarsch in der Salzkruste.

„Musst du heute Abend noch zurück?"

Sie schüttelte den Kopf: „Ich kann auch morgen fahren. Wir haben also ausreichend Zeit, das verlorene Halbjahr nachzuholen."
„Kann man das denn?"
„Keine Ahnung. Lass es uns versuchen."
Als sie gegen sechs Uhr abends zu Doris kam, war sie fix und fertig. Erst hatte Werner von der Zeit in der Reha erzählt. Er hatte sich sichtbar Mühe gegeben, sich auf die heiteren Dinge zu konzentrieren. Im Gegenzug hatte sie Geschichten aus dem Rosenschlösschen berichtet, ebenfalls die heiteren.
„Deswegen verstehe ich gar nicht, warum ich jetzt so fix und fertig bin", sagte sie und ließ sich mit einem Drink auf der Couch nieder.
„Gespielte Heiterkeit ist eben anstrengend", entgegnete Doris. „Und zwar für alle Beteiligten."
Susanne nahm einen Schluck. Plötzlich begann sie zu kichern: „Weißt du, wer die schwarzhaarige Schönheit mit den langen Beinen ist?"
Doris schüttelte den Kopf.
„Seine Tochter! Ach Doris, ich bin so eine dumme Kuh."

Tante Annas Osterschinken im Brotteig

1 kg Brotteig (fertig vom Bäcker kaufen)
1 kg Schinken
1 Eigelb
3 EL gehackte Kräuter (Petersilie, Thymian, Majoran)

Den Brotteig ausrollen, den Schinken mit den Kräutern bestreuen und in den Brotteig einschlagen. Evtl. Teigreste für Verzierungen verwenden. Das Eigelb mit Wasser verquirlen und den Teig damit bestreichen. Im vorgeheizten Backrohr bei 160 Grad 50–60 Minuten backen.

„Du bist und bleibst ein Sonntagskind", sinnierte Doris eine Stunde später. Sie saßen immer noch in ihrem Wohnzimmer, in der Zwischenzeit war es fast dunkel, aber keine der beiden war aufgestanden, um Licht zu machen. Vielleicht redete es sich im Dunkeln leichter, dachte Susanne. Sie sprachen über sich, ihr Leben, ihre Lieben.

„Jetzt kannst du wählen zwischen einem Starkoch und einem Stararchitekten."

„Blödsinn", antwortete Susanne und schwenkte ihr Rotweinglas.

„Erstens ist Werner kein Star und zweitens ist unsere Beziehung", sie suchte nach Worten, „irgendwie schwierig", vollendete sie den Satz.

„Sind das Beziehungen nicht immer?", fragte Doris sinnend, und als Susanne darauf nicht antwortete, fragte sie weiter: „Warum im speziellen Fall?"

„Ach, ich weiß auch nicht. Alles ist so unausgesprochen zwischen uns. Als wir uns damals in Abano getroffen haben, da waren wir vor allem froh, Gesellschaft zu haben. Als Werner sich nach seiner Rückkehr bei mir gemeldet hat, da dachte ich natürlich schon ... aber dann sah ich ihn mit dieser jungen Frau."

„Seiner Tochter. Wie irritierend."

Susanne sprang auf, tigerte durchs dunkle Zimmer.

„Das wusste ich doch damals nicht. Da bin ich natürlich erst einmal auf Distanz gegangen."

Werner muss ein sehr junger Vater gewesen sein, überlegte sie. Sie schätze diese Viktoria auf mindestens dreißig. Er war ...

„Dennoch hast du ihn mit dem Umbau beauftragt", unterbrach Doris ihre Gedanken.

„Weil ich weiß, dass er gut arbeitet."

„Nur deshalb? Das glaubst du vermutlich selber nicht!"

„Natürlich nicht nur deshalb", gab sie widerstrebend zu.

*

Zurück im Rosenschloss wartete eine Menge Arbeit auf Susanne. Schwungvoll machte sie sich daran.

Die letzte Anzeige in einem Hochzeits-Journal war zwar schweineteuer gewesen, hatte ihr aber einige Buchungen eingebracht. Nun plante sie mehrere Anzeigen in diversen Fachzeitschriften, um Private-Dinner und Kochkurse zu bewerben.

Da galt es Mediadaten zu studieren, knackige Werbetexte zu finden, Fotos auszuwählen und Druckvorschläge abzuändern. Außerdem hatte sie am kommenden Wochenende zwei Dinner auszurichten und dann noch diesen feurigen Spanier am Hals, den sie für den Meisterkurs im April ausgesucht hatte. Jetzt fiel ihm plötzlich ein, dass er allergisch war gegen Hausstaubmilben, weshalb er sie darauf hinwies, dass sein Zimmer besonders sauber sein müsse – was dachte der eigentlich, wo er hinkam? Dennoch machte sie noch eine Notiz für Frau Gruber. Und dann bildete er sich auch noch Frühlingsmorcheln ein.

Lars schrieb, dass Ostern in Hamburg besonders schön sei und dass sie sein Osterlamm im Bärlauchsud nicht verpassen dürfe.

Susanne hatte andere Pläne. Sie antwortete, dass ihr Osterlamm in der Kräuterkruste auch nicht zu verachten sei und dass sie es diesmal mit seinem exzellenten Kartoffelauflauf servieren würde. Das würde ihn ein klein wenig trösten. Dann machte sie sich an die Vorbereitungen.

Sie hatte Werner für die Osterfeiertage eines ihrer Gästezimmer angeboten. Zwar würde sie am Ostermontag für sechs Personen kochen müssen, sonst wäre in der Karwoche nichts los.

Werner hatte erst eingeworfen, dass er eine Belastung für sie sein werde, aber sie blieb stur, also stimmte er zu. Er würde jedoch mit der Bahn kommen müssen, Autofahren könne er noch nicht.

Wie er kam, war ihr egal, Hauptsache, er würde bei ihr sein! Sie machte sich daran, sein Zimmer österlich zu dekorieren, und plante ihren Speisezettel.

Am Gründonnerstag musste es natürlich Spinat geben, am Karfreitag ein Fastengericht und am Karsamstag natürlich Osterschinken. Ob Werner religiös war? Es gab so vieles, das sie noch nicht wusste, dennoch schien er ihr vertraut.

Vom schlechten Gewissen geplagt, teilte sie Lars am Mittwoch noch mit, dass auch ihre bescheidene Taverne zu Ostern ausgebucht sei und dass sie ihm schon jetzt ein recht frohes Osterfest wünsche.

*

Als Werner am Gründonnerstag aus dem Zug stieg, war das Wetter frühlingshaft mild, und die Sonne strahlte mit Susanne um die Wette.

Er stützte sich immer noch auf einen Stock und auch das rechte Bein zog er noch nach, aber er benötigte keine Krücken mehr, war nicht mehr ganz so blass, und Susanne schien, es würde ihm etwas besser gehen.

Sie nutzten die Gunst der Stunde für einen kleinen Spaziergang, tranken ihren Kaffee auf der Terrasse des Dorfgasthauses und machten es sich abends daheim gemütlich. Doch nach dem Abendessen sah Werner derart erbarmungswürdig müde aus, dass sie vorgab, total erledigt zu sein, und vorschlug, früh zu Bett zu gehen. Er nahm das Angebot dankbar an und verabschiedete sich mit einem kleinen Gute-Nacht-Kuss.

Dabei hatte sie sich so auf diesen ersten Abend mit ihm gefreut.

Zum Frühstück am Karfreitag nahm er nur eine Tasse Tee und kaute lustlos an einer Semmel herum.

„Fastest du?"

Er lächelte. „Das auch, aber um ehrlich zu sein, ich habe keinen Appetit und ein wenig Kopfschmerzen."

Sie schlug ihm vor, sich noch ein wenig hinzulegen – ein Angebot, das er dankbar annahm. Als sie zwei Stunden später nach ihm sah, lag er immer noch regungslos im abgedunkelten Zimmer.

„Kann es sein, dass du nicht ein wenig Kopfschmerzen, sondern eine ausgewachsene Migräne hast?"

Er versuchte zu lächeln. „Ich hatte bisher noch nie Migräne, aber so ähnlich könnte es sich anfühlen. Es tut mir wirklich schrecklich leid, aber ich …"

„Papperlapapp", unterbrach sie ihn. „Ich bringe dir jetzt eine Karaffe mit Wasser, das kann dir nur guttun. Du versäumst ohnehin nichts, es hat schon vor einer Stunde zu regnen begonnen. Ich fahre jetzt einkaufen und wenn ich zurückkomme, mache ich uns eine ganz leichte Gemüsesuppe, die sollte deinem Magen guttun."

Am Heimweg blieb sie beim Doktorhaus stehen. Der empfahl ihr darauf zu achten, dass der Patient Ruhe hatte und viel Flüssigkeit zu sich nahm, darüber hinaus sollte sie erstmal abwarten. Für einen Rekonvaleszenten könne die Luftveränderung ebenso belastend sein wie der Wetterumschwung. Wenn sich eine Verschlechterung ergeben sollte oder es Werner morgen nicht besser ginge, käme er gerne vorbei. Einigermaßen beruhigt fuhr Susanne nach Hause, machte ihm erst Tee und später Suppe und gab vor, ohnehin noch eine Menge zu tun zu haben.

Tatsächlich war alles vorbereitet. Den Osterstriezel hatte sie gleich nach dem Frühstück gebacken, die Eier waren gefärbt, es gab im Moment einfach nichts mehr zu tun. Sie nahm sich ein Buch, setzte sich an sein Bett und bewachte seinen Schlaf, wie sie es früher manchmal getan hatte, wenn Claudia krank war.

Am Karsamstag war Werner zwar immer noch blass, aber er aß immerhin eine Buttersemmel, trank schwarzen Tee und ließ sich danach noch zu einem Glas Orangensaft überreden.

„Mach dir keine Sorgen, es geht mir schon viel besser", lächelte er tapfer. Susanne lächelte auch, aber sie glaubte ihm nicht.

„Tante Anna hat uns zu ihrem legendären Osterschinken eingeladen. Sollen wir absagen?"

„Auf keinen Fall, das schaff' ich schon. Was ist denn so legendär daran?"

„Das genau verrät sie ja nicht. Aber er schmeckt immer ganz hervorragend."

Das Wetter war immer noch grau und regnerisch, Susannes bunte Ostereier wirkten seltsam deplatziert in dem grasgrünen Nest, das den Frühstückstisch zierte.

Sie verbrachten den Tag lesend, draußen wurde es kälter und kälter, und Susanne wäre am liebsten überhaupt nicht mehr vor die Tür gegangen. Dennoch überredete sie Werner zu einem kleinen Spaziergang, sobald der Regen aufgehört hatte.

Die frische Luft schien ihn tatsächlich zu beleben, und bei Tante Annas Osterjause aß er immerhin ein kleines Stück vom saftigem Schinken und etwas Salat. Auch das Glas Rotwein schien ihm zu schmecken und als Susanne vorschlug, auf dem Heimweg noch an der Dorfkirche vorbeizufahren, stimmte er zu. Bevor sie gingen, erzählte Tante Anna noch, dass der Staller wieder ein Gasthaus eröffnet habe.

„Von mir aus", antwortete Susanne uninteressiert, „wir haben sicher nicht die gleiche Klientel."

„Des kannst laut sagen", stimmte Tante Anna zu.

Sie kamen gerade zum Osterfeuer zurecht und erlebten einen Teil des Wortgottesdienstes mit. Doch als sie merkte, dass Werner sich die Augen rieb und die Schläfen massierte, bedeutete sie ihm, dass sie gehen möchte.

Wortlos verließen sie die Kirche, wortlos fuhren sie heim.

„Ich danke dir", sagte er noch, dann verschwand er ebenso wortlos in seinem Zimmer.

Am nächsten Morgen überraschte er sie mit der Frage: „Meinst du nicht, dass es besser wäre, wenn ich heute schon nach Hause fahre?"

„Was soll daran denn besser sein? Deine Tochter kommt frühestens am Dienstagabend zurück. Ich schlage vor, du bleibst bis Mittwoch. Oder versäumst du daheim irgendetwas?"

Er schüttelte traurig den Kopf: „Leider nicht, ich bin zurzeit auch im Büro keine große Hilfe. Ich habe einfach keine Kraft für einen ganzen Bürotag. Aber ich möchte dir wirklich nicht zur Last fallen."

„Quatsch, das wird schon wieder", beschied sie ihn, damit war die Debatte für sie erledigt.

Tatsächlich schien es ihm im Laufe des Sonntags besser zu gehen. Seine Wangen bekamen wieder ein wenig Farbe, und als am Nachmittag die Sonne hervorkam, schlug er selbst vor, ins Freie zu gehen. Sie spazierten entlang des Mühlbaches bis zu den Teichen, beobachteten ein paar Kinder beim Entenfüttern und gingen langsam wieder zurück. Auch diesmal schien die frische Luft Werner zu beleben und abends aß er, zum ersten Mal seit er hier war, mit gutem Appetit.

Von da an ging es ihm sichtbar besser und als sie ihn am Mittwoch zur Bahn brachte, sah er eigentlich ganz frisch aus. Dennoch entschuldigte er sich noch einmal, ein so mühevoller Ostergast gewesen zu sein.

„Red' doch keinen Unsinn! Vorgestern hast du mir sogar in der Taverne geholfen."

„Stimmt. Ich habe mindestens fünf Kartoffeln geschält", gab er lächelnd zu.

„Und aus Nichts einen wundervollen Tischdekor gezaubert", gab sie zu bedenken.

Er lächelte milde, so mehr mit den Augen und genau so, wie sie es so an ihm mochte: „Ein wenig Naturmaterial und bunte Eier sind doch mehr als Nichts. Es war wirklich keine Mühe und hat mir sehr viel Freude gemacht."

Als der Zug in den Bahnhof einfuhr, küsste sie ihn erst auf die linke Wange, dann auf die rechte und zum Schluss auf den Mund. Dann schob sie den Verblüfften in den Zug und winkte ihm noch nach, als der Zug schon längst die Station verlassen hatte.

*

„Und seither hat er sich nicht mehr gemeldet?", fragte Doris ungläubig, als sie zwei Wochen später telefonierten.

„Er antwortet auf meine Mails. Sehr höflich, sehr nett und sehr distanziert."

„Komischer Vogel", murmelte Doris, um gleich hinzuzusetzen: „In unserem Alter sollte man eigentlich wissen, wie man einen Mann aus der Reserve lockt."

„Ich bin dazu anscheinend zu deppert – und du solltest den Mund auch nicht allzu voll nehmen."

„Stimmt, wenn ich locke, dann immer nur den Falschen."

Susanne wusste, dass Doris seit Jahren einen Kollegen anschmachtete. Noch dazu einen, der in der Zwischenzeit geschieden war. Natürlich hätte sie das nie zugegeben, stattdessen hatte sie im Vorjahr diese unselige Affäre mit einem Finanzbeamten. Doris und ein Finanzbeamter, das konnte ja nicht gutgehen. Selbst wenn er „eh kulturinteressiert" war, wie Doris es genannt hatte.

„Apropos", riss Doris sie aus ihren Gedanken: „Was macht eigentlich dein Promikoch?"

„Lars? Ist ein wenig vergrätzt, weil ich Ostern nicht gekommen bin. Aber das legt sich wieder. Außerdem kommt er ohnehin Ende Mai zum Kochkurs. Du wirst ihn übrigens sehen. Denn im Anschluss an den Kurs stellen wir unser neues Kochbuch vor und da musst du einfach dabei sein."

„Und Werner?"

„Werner wird auch dabei sein – hoffe ich."

*

Eine Woche später fuhr Susanne nach Wien, um sich ein paar neue Schuhe zu kaufen. Natürlich hätte es auch in näher gelegenen Orten Schuhe gegeben, aber sie bestand auf einem ganz bestimmten Geschäft, das es eben nur in Wien gab. Außerdem hatte sie vor, ihrer Bank einen Besuch abzustatten, denn nachdem nun alles einigermaßen gewinnbringend lief, dachte sie daran, die ehemaligen Stallungen zu weiteren Gäste-Zimmern auszubauen. Nur so würde sich der kleine Wellness-Bereich lohnen, der im Vorjahr dem Rechenstift zum Opfer gefallen war.

Bis jetzt hatte sie noch mit Niemandem darüber gesprochen, aber wenn die Bank mitzog, würde sie Werner noch heute mit der Planung beauftragen.

Sie hatte ihre Konten seit Jahren bei jener Bank, mit der auch IMMO mit WERT stets zusammengearbeitet hatte.

Dem alten Spruch folgend, wonach man besser zum Schmied gehe als zum Schmiedl, hatte sie sich gleich bei Direktor Weber angemeldet, dem Leiter der Immobilienfinanzierung. Der empfing sie auch, bot ihr Kaffee an, fragte nach ihrem Befinden und stellte ihr dann eine junge Magistra vor, die ab sofort für sie zuständig wäre.

Sie hatte huldvoll genickt und sich von der Magistra in eine Besprechungskabine führen lassen. Die eifrige junge Dame notierte ihr Anliegen und überreichte ihr eine Liste jener Unterlagen, die für die Erledigung des Kreditantrages notwendig schienen.

Susanne studierte die lange Liste, las Dinge wie Einreichpläne, Kostenaufstellung, Gehaltsunterlagen und empfahl der jungen Dame, diese Liste ein wenig zu individualisieren.

„Individualisieren?", hatte die junge Dame erstaunt gefragt.

„In-di-vi-du-a-li-sie-ren", hatte Susanne entgegenkommend buchstabiert und hinzugefügt, sie verstehe darunter, dass sie die Liste mit Herrn Direktor Weber dahingehend überarbeiten möge, welche dieser Unterlagen man von ihr tatsächlich benötigen würde. Sie käme dann morgen wieder.

Dann stolzierte sie in die nahe gelegene Schuhboutique und kaufte, neben den geplanten Ballerinas, dunkelrote High Heels. Danach fühlte sie sich etwas besser.

Dennoch war sie immer noch ziemlich geladen, als sie sich mit Werner und Doris zu einem frühen Abendessen traf, da sie ursprünglich vorgehabt hatte, anschließend zurückzufahren.

Nachdem sie die beiden miteinander bekannt gemacht hatte, war die erste Frage, die sie an Doris richtete: „Kann ich noch einmal bei dir übernachten?"

„Selbstverständlich, was ist denn passiert?"

Immer noch aufgewühlt erzählte Susanne von ihrem Besuch in der Bank.

„Die haben doch einen Knall", schlussfolgerte sie. „Ich lasse doch nicht um teures Geld einen Plan anfertigen und eine Kostenaufstellung erstellen, wenn noch gar nicht sicher ist, dass die mir den Umbau überhaupt finanzieren."

„Warum hast du denn nichts gesagt?", fragte Werner kopfschüttelnd. „Ich hätte doch zu Ostern eine Skizze anfertigen können. Selbstverständlich mache ich dir auch eine Grobkostenschätzung."

Sie lächelte ihm zu, legte ihre Hand auf seinen Arm und fühlte den edlen Stoff seines Sakkos. Kaschmir, dachte sie nebenher. Nichts anderes fühlt sich so weich an.

Laut sagte sie: „Lieb von dir, danke. Aber versteh' mich bitte nicht falsch, ich bin ja nicht auf der Nudelsuppe daher geschwommen. Ich habe natürlich eine grobe Schätzung der erzielbaren Fläche gemacht und die Neubaukosten pro Quadratmeter sind mir gerade noch geläufig. Wisst ihr, was mich am meisten ärgert? Ich habe mit Direktor Weber zehn Jahre lang Projekte abgewickelt. Ankaufskalkulation, Vertragsabwicklung, Sanierungskonzept, die volle Palette, dabei ging's um richtig viel Geld, und jetzt tut er, als hätten wir uns zufällig einmal im Urlaub getroffen. Das ist so eine Frechheit ... "

„Trink das", sagte Doris und drückte ihr das Sektglas in die Hand, das der Kellner schon vor einigen Minuten vor sie hingestellt hatte.

Sie prosteten einander zu und Susanne nahm einen tiefen Schluck.

„Entschuldigt, aber jetzt ist mir leichter."

„Ich weiß", sagte Doris und in Werners Augen stand dieses milde Lächeln, das stets Verständnis signalisierte.

*

Tralalalalala. Als Susanne am nächsten Tag wieder Richtung Rosenschlösschen unterwegs war, trällerte sie ein munteres Liedchen und grinste zufrieden vor sich hin. Es hatte sie noch einiges an Selbstbeherrschung gekostet, aber letztendlich hatte sie bekommen, was sie wollte. Die Bank würde siebzig Prozent der Kosten finanzieren. Mehr war nicht notwendig.

Besser war nur noch, dass Werner sein Kommen zur Buchpräsentation zugesagt hatte. Tralalalalala.

*

Susanne hatte nicht nur Freunde, Kunden und Bekannte zur Buchpräsentation eingeladen, sondern auch entsprechende Mitteilungen an die lokale Presse gesandt. Eigentlich hatte sie sich davon wenig erhofft und war umso freudiger überrascht, als einige Redakteure tatsächlich ihr Kommen angekündigten hatten.

„Gut so, meinte Lars am Telefon. Dann können ihre Kollegen von der Hamburger Morgenpost und vom Abendblatt deren Text übernehmen und wenn wir Glück haben, bekommen wir auf dieser Schiene auch einen Artikel in der FAZ."

Sie war beeindruckt.

„Wir werden ein Buffet servieren, dass ihnen die Augen aus dem Kopf fallen", schwärmte er weiter.

Sie hörte schon gar nicht mehr richtig zu und dachte bei sich: Könnten wir nicht einfach etwas kochen, das schmeckt? Aber vorerst hatte sie keine Gelegenheit, diesen Gedanken anzubringen, denn wenn Lars einmal übers Kochen redete, würde es noch einen Moment dauern.

Zeit, um darüber nachzudenken, wie sie Werner und Lars unter einen Hut, besser gesagt, unter ein Dach bringen sollte. Je länger sie mit Lars telefonierte, umso mehr Zweifel stiegen in ihr hoch. Ob das gut gehen konnte? Lars und Werner – gütiger Himmel, was hatte sie sich dabei bloß gedacht?

„Gar nichts", würde Tante Anna vermutlich sagen – und diesmal hätte sie recht.

*

Lars hatte sein Kommen für Donnerstag angekündigt, Werner für Freitag. Das stellte Susanne schon vor das erste Problem. Sie wollte Lars diesmal auf keinen Fall in einem der Gästezimmer unterbringen, das war einfach zu nahe. Wie sollte sie ihm auch erklären, dass es diesmal keine nächtlichen Besuche bei ihr geben konnte? Lars musste im Gasthof wohnen – aber mit welcher Begründung?

Nach zwei schlaflosen Nächten beschloss sie, ihm bereits am Donnerstagabend reinen Wein einzuschenken. Wie hatte sie die Sache nur so weit kommen lassen können? Zugegeben, er war ein amüsanter Gesellschafter, ein brillanter Koch, aber er war eben ... kein ...? Was ihm fehlte war einfach ... dieses Lächeln, so mehr mit den Augen.

Noch bevor er kam, hatte sie mindestens vier verschiedene Variationen durchgespielt, wie sie ihm das Notwendige so schonend wie möglich beibringen würde. Aber als er sie dann in den Arm nahm, bevor sie überhaupt noch etwas sagen konnte, und es auch gar nicht tragisch fand, dass sie ihn diesmal im Gasthof einquartiert hatte, war ihre ganze Vorbereitung über den Haufen geworfen. Also beschloss sie, es ihm später zu sagen, nach dem Abendessen.

Sie hatte ein schlichtes Nachtmahl vorbereitet – gekochtes Rindfleisch mit Semmelkren –, Delikatessen würden sie in den nächsten Tagen noch genug bekommen.

Er beäugte den Semmelkren misstrauisch und nahm erst nur ein kleines Bisschen davon.

„Schmeckt gar nicht so übel", meinte er dann und nahm entschlossen eine Gabel voll. „Wirklich gut, gibt's bei uns gar nicht."

„Klar, wer will schon Brötchen-Meerrettich?"

„Sieht halt gewöhnungsbedürftig aus", setzte er neckend hinzu.

„Und das sagt einer, der aus Hamburg kommt und Labskaus isst."

„Hast du in meinem Restaurant irgendwo Labskaus gesehen?"

„Das nicht ..."

„Eben."

Nach dem Essen lehnte er sich behaglich zurück.

Susanne, die sich weit weniger behaglich fühlte, sammelte Brösel ein, wo kaum welche waren, nahm einen Schluck Wein und sagte endlich: „Ich bin dir noch ein Antwort schuldig."

„Schon? Ich dachte, wir müssen erst das Betriebsergebnis abwarten."

Es klang ziemlich siegesgewiss.

Susanne nahm noch einen Schluck Wein, dann atmete sie tief durch und sagte: „Lars, ich werde nicht nach Hamburg kommen. Zumindest nicht, um mit dir dort zu leben."

Er schien bestürzt: „Verlangst du von mir, mein Restaurant aufzugeben? Das Landhaus König ist eine Institution!"

Nun war es an ihr, bestürzt zu sein: „Niemals!"

„Ja, wie soll es dann gehen?"

„Lars, das ist es ja – es geht eben nicht."

„Aber wir müssen einen Weg finden, ich liebe dich doch!"

Auf die Idee, dass sie ihn nicht lieben könnte, schien er gar nicht zu kommen. Vielleicht verstand er es später, wenn sie ihm ein wenig Zeit ließ. Also räumte sie erstmal den Tisch ab.

„Möchtest du noch etwas Käse?"

„Gerne."

Immerhin. Den Appetit schien es ihm noch nicht verschlagen zu haben.

Eine Zeit lang plauderten sie über dies und das, dann sagte er: „Komm, meine Schöne, lass uns darüber schlafen."

Verdammt, er hatte es immer noch nicht kapiert.

„Gute Idee, aber jeder für sich."

Langsam schien ihm zu dämmern, wovon sie gesprochen hatte. „Sag, was bin ich eigentlich für dich? Ein nützlicher Idiot?"

Sie ging zu ihm und legte ihre Hände auf seine Schultern.

„Du bist für mich ein Freund, ein sehr, sehr lieber Freund."

„Natürlich bin ich dein Freund, aber nicht nur. Ich liebe dich und ich werde dich von meiner Liebe überzeugen."

Langsam reichte es ihr: „Sag, fällt dir eigentlich etwas auf?"

Er sah sie mit hochgezogenen Augenbrauen fragend an.

„Ich höre immer nur ,ich'. Es geht hier immer nur um dich!"

„Ich liebe dich nun mal", antwortete er mit seltsamer Logik, schnappte sich seinen Trolley, küsste sie auf die Wange und ging.

*

Am nächsten Tag kontrollierte er in teuflischer Stimmung die Zutaten für den Kochkurs.

„Ich habe geschrieben, ich brauche frische Artischocken. Das hier sind vertrockneter Disteln."

„Artischocken sind Disteln."

„Danke, das habe ich schon mal gehört. Aber das hier ist vertrockneter Kram."

„Dieser ‚vertrocknete Kram' war aber das Beste, was ich auftreiben konnte, und er war schweineteuer. Aber bitte, wenn du meinst, es gibt bessere, du hast noch vier Stunden Zeit."

„Bin ich jetzt auch schon der Küchenjunge?", fragte er spitz.

„Suchst du Streit?", gab sie zurück. Ihr Gesicht glühte, was bildete er sich überhaupt ein?

„Was geht denn hier ab?", fragte Nina von der Tür her.

„Diese Artischocken entsprechen Herrn König nicht."

Ninas Ankunft zauberte im Nu ein Lächeln auf seine Lippen: „Nina, du Engel aller Verschmähten. Was machen wir mit diesen Artischocken?"

„Keine Ahnung."

Er ließ sich auf den Sessel fallen.

„Eben. Ich auch nicht. Meinst du, wir könnten sie in einem Mischgemüse verarbeiten? Vielleicht mit etwas Tomaten und einem Hauch Kerbel?"

Na bitte, das klang doch schon ganz anders.

*

Bis zum Beginn des Kochkurses hatte Lars sich wieder gefangen.

„Meine Damen und Herren, wir bereiten an diesem Wochenende etwas nie Dagewesenes. Wir kochen nicht einfach nach irgendwelchen Rezepten. Wir kreieren – gemeinsam – aus den hier vorliegenden Zutaten: Kommen Sie her, schauen Sie, was wir hier alles haben, und sagen Sie mir, was wir daraus machen könnten."

Die Idee war ihnen im Anschluss an die vertrackte Artischockengeschichte gekommen. Lars hatte sein Menü tatsächlich umgeplant und natürlich würden sie am Ende genau das kochen, was er geplant hatte. Aber davor würden die Teilnehmer ihre eigenen Menüvorschläge einbringen – und das schien ihnen mächtig Spaß zu machen.

Außer den Artischocken des Anstoßes gab es noch Spargel, Frühlingsmorchel, Stubenküken, junge Kartoffeln und eine Buttermakrele in Sushi-Qualität (da konnte selbst Lars nicht meckern). Dazu jede Menge frischer Kräuter, Eier, Schokolade, Nüsse, zwei duftende Mangos und was sonst in einer Küche eben so vorrätig war.

Der Kochkurs nahm seinen Lauf und Susanne konnte sich gerade noch rechtzeitig davonstehlen, um Doris und Werner in Empfang zu nehmen. Wow, dachte Susanne, Doris hatte sich diesmal ja mächtig herausgeputzt. Sie trug, für Doris ganz ungewöhnlich, weiße Jeans, dazu einen blauen Blazer und eine Bluse in einem zarten Rosaton, der ihr hervorragend stand. Werner sah auch schon deutlich besser aus. Zwar stütze er sich immer noch auf einen Stock und zog sein rechtes Bein nach, aber seine Gesichtsfarbe war nicht mehr so fahl und seine Augen zwinkerten unternehmenslustig.

Um weitere Zores mit Lars zu vermeiden, hatte Susanne beschlossen, die beiden ebenfalls im Gasthof unterzubringen. Die Gästezimmer waren infolge des Kochkurses ohnehin belegt.

Kaninchenroulade auf Pumpernickel

1 Kaninchenrücken mit Knochen
200 g Hühnerbrust
150 g Sahne
einige blanchierte Spinatblätter
2 Karotten
12 Scheiben Pumpernickel
1 EL Butter
1 Msp. Sambal Oelek
Salz, Pfeffer

Das Hühnerfleisch in Würfel schneiden und für eine halbe Stunde in den Tiefkühler legen. In der Zwischenzeit die Fleischstränge auslösen, die Bauchlappen zwischen Klarsichtfolien legen und klopfen (mit der flachen Seite des Fleischklopfers). Die Hühnerfleischwürfel mit Salz, Pfeffer, Sambal Oelek und der eiskalten Sahne im Mixer pürieren und sofort in den Kühlschrank stellen.

Die Karotten schälen und entweder mit einem Sparschäler oder auf der Brotschneidemaschine in dünne Streifen schneiden und in Salzwasser blanchieren.

Die blanchierten Spinatblätter trockentupfen.

Alufolie mit Öl bestreichen, die Bauchlappen darauflegen, die Hälfte der Farce daraufstreichen, die Karotten leicht überlappend darauflegen, die restliche Farce aufstreichen, mit den Spinatblättern belegen und die gewürzten Fleischstränge darauflegen. Von der Breitseite her aufrollen, die Enden gut festdrehen und siedendem Wasser 20–25 Minuten pochieren. In Eiswasser abschrecken und 2–3 Stunden kaltstellen.

Danach in ca. 1 cm dicke Scheiben schneiden und auf bebutterte Pumpernickeltaler legen.

Das erste Zusammentreffen von Lars und Werner fand am Freitagabend statt. Susanne hatte gebeten, zum abendlichen Kurs-Dinner zwei Gäste mitbringen zu dürfen.

Lars verbeugte sich übertrieben tief und küsste Doris' Hand.

„Mein Gott, welche Freude!", flötete er.

Doris beobachtete ihn voll Interesse: „Irgendetwas nicht in Ordnung?"

„Alles Bestens!"

Heute übertreibt er aber mächtig, dachte Susanne und machte die Herren miteinander bekannt. Sie nickten einander zu, dann schritt Lars, erhobenen Hauptes, an den Kopf der Tafel, wo er neben Susanne Platz nahm, während Werner am anderen Ende der Tafel neben Doris seinen Platz fand.

Das Abendessen nahm seinen Lauf. Es gab ein geschmacklich stimmiges Tartar von der Buttermakrele an Spargelsalat, Zweierlei vom Stubenküken auf Artischockengemüse, dazu Kartoffelgratin mit Morcheln und als Dessert Mango-Schokotürmchen auf Vanilleschaum.

Sollten die Artischocken tatsächlich nicht Lars' Qualitätsanspruch genügt haben, so hatte er zumindest das Beste daraus gemacht, dachte Susanne, während sie belustigt beobachtete, wie er mit einer Kursteilnehmerin flirtete, einer feurigen Rothaarigen. Alles an ihm schien heute zu rufen: Bin ich nicht der prächtigste Hahn!

Sie ließ ihren Blick über die Tafel schweifen. Die Kursteilnehmer schienen sich blendend zu unterhalten, Doris und Werner waren ebenfalls in ein Gespräch vertieft. Die beiden waren vermutlich die Einzigen, die sich nicht übers Kochen oder Essen unterhielten. Doris aß, um satt zu werden, und hielt den ganzen Zirkus ums Essen für grob überschätzt. Werner konnte zwar gutes Essen genießen, aber die Fragen nach dessen Herstellung schienen ihn nicht sonderlich zu interessieren. So gesehen, waren die beiden heute Abend ein gutes Gespann.

Worüber sie wohl redeten? Ob sie sich zu ihnen setzen konnte, ohne unhöflich gegen ihre Tischnachbarn zu sein? Aber Lars war ohnehin beschäftigt und ihre linke Sitznachbarin, eine mausgraue Brünette, hatte bis jetzt kaum ein Wort mit ihr gewechselt. Susanne wandte sich ihr zu, um sich kurz zu entschuldigen, doch die Dame fragte, ob es möglich sei, dass man sich aus der Immobilien-Branche kenne? Das sei durchaus möglich, antwortete Susanne ohne Enthusiasmus und nachdem die Dame eine Reihe von Branchentreffs aufgezählt hatte, hielt auch sie es für durchaus möglich, dass sie einander früher schon einmal getroffen hatten. Wie sich herausstellte, kannte die Brünette sogar ihren Ex-Chef und wollte wissen, ob es stimmte, dass der sich auf ein Weingut bei Siena zurückgezogen hätte. Kaum hatte sie die Neugier ihrer Gesprächspartnerin befriedigt, sah sie, dass Doris und Werner sich bereits verabschiedeten.

Wieso das denn? Es war doch noch nicht mal zehn Uhr. Schade, dass sie auch die beiden im Gasthof hatte unterbringen müssen.

*

Am nächsten Morgen stürmte Lars zur Tür herein, warf die Zeitung auf den Tisch und rief fröhlich: „Moin, moin!"

„Was macht dich denn so fröhlich?", fragte Susanne, während sie ihr Kaffeegeschirr abräumte.

Er schien sie nicht gehört zu haben, sondern fragte: „Bekomme ich keinen Kaffee?"

„Hast du denn noch nicht gefrühstückt?"

„Du meinst da drüben im Gasthaus mit deinen beiden Gelehrten? Nee, danke, da wird einem ja die Milch im Kaffee sauer."

Esel. Wortlos schaltete sie den Kaffeeautomaten wieder ein. „Ich habe aber kein frisches Gebäck."

„Macht nichts, was hast du denn gegessen?"

„Bauernbrot mit Butter und Honig."

„Na wunderbar." Er ließ sich in der Frühstücksecke nieder: „Klingt doch klasse!"

Noch während Lars – betont langsam, wie es ihr schien – an seinem Frühstücksbrot kaute, kamen Doris und Werner.

Werner wollte sich am Vormittag die Flächenberechnungen für den geplanten Umbau ansehen, Doris und Susanne hatten einen Friseurtermin und Lars musste zu seinem Kochkurs.

Doris sah erst auf Lars, dann warf sie Susanne einen fragenden Blick zu, den die mit einem Achselzucken beantwortete.

Doris deutete auf ihre Haare: „Wenn wir unsere Termine nicht versäumen wollen, müssen wir aber los", sagte sie mit einem Blick auf Lars. Es klang anklagend.

Lars winkte ab. „Macht euch um mich keine Sorgen, ich muss ja auch bald los, mein Kurs beginnt in zehn Minuten", sagte er zuvorkommend und strich noch etwas Butter aufs Brot.

Erstaunlicherweise meldete sich Werner zu Wort: „Da will ich Sie nicht alleine lassen", sagte er in seiner zuvorkommenden Art und nahm neben Lars Platz.

Gütiger Himmel, dachte Susanne, aber was sollte sie tun? Doch dann sagte sie zu Werner: „Nett von dir, danke!", griff nach ihrer Handtasche und enteilte.

*

„Sag, spinnst du?", fragte Doris ungehalten, als sie im Auto saßen. „Ich dachte, du hättest diesem Oberküchenmeister Bescheid gesagt."

„Hab' ich ja auch."

„Das sah eben nicht danach aus."

Susanne startete den Wagen: „Ich weiß, das war vermutlich auch sein Plan, habe ich leider zu spät gecheckt. Aber was hätte ich machen sollen? Heute Morgen stand er plötzlich in meiner Küche und wollte Frühstück."

„Als wir gestern Abend gingen, saß er immer noch in der Taverne. Ich dachte schon, er hat ..."

„Nein, hat er nicht. Er hat schön brav im Gasthof übernachtet."

„Und warum hat er dort nicht gefrühstückt?"

Sie zögerte einen Moment, ehe sie wahrheitsgemäß antwortete: „Weil ihm in eurer gelehrten Gesellschaft die Milch im Kaffee sauer wird."

„Trottel", kam es prompt von Doris.

Eine Weile war es still im Auto, dann sagte Susanne: „Ihr seid gestern aber früh aufgebrochen." Es klang selbst in ihren Ohren nach Vorwurf.

„Herr Hausmann war müde und ich fand die Konversation mit dem Rest der Gesellschaft, ehrlich gesagt, eher enervierend."

„Hat sich niemand für deutsche Grammatik interessiert?", gab Susanne spitz zurück.

„Warum bist du denn so biestig?"

„Verzeih, ich bin nervös."

„Wegen der Buchpräsentation?", fragte Doris.

„Möglicherweise auch deshalb", gab sie zurück und trat kräftig auf die Bremse, weil sie soeben einen Parkplatz erspäht hatte.

Als sie eine Stunde später frisch gestylt aus dem Salon traten, fragte Doris versöhnlich: „Gönnen wir uns noch einen Kaffee?"

„Gerne, aber daheim. Ich habe das Gefühl, wir sollten nach dem Rechten sehen."

„Entspann dich! Lars kocht doch jetzt mit seinen Schützlingen. Das ist vermutliche die einzige Zeit, in der er mehr Nutzen als Schaden anrichtet."

*

Susannes Ahnung einer nahenden Katastrophe hatte sie nicht betrogen, es war nur zu früh gekommen, denn als sie vom Friseur kamen, war alles noch in bester Ordnung.

Die Kochseminaristen, die an diesem Tag das Buffet für die Buchpräsentation am Abend herstellten, werkelten unter Lars' Anleitung unbeschwert vor sich hin, auch er schien bester Laune zu sein.

Dabei hatte die Zusammenstellung des Buffets ihn vor eine äußerst schwierige Aufgabe gestellt, wie er mehrfach erwähnt hatte. Einerseits mussten es Gerichte sein, die seine Schüler nicht überforderten, anderseits sollte es dennoch ein exklusives Buffet werden, alles andere ließ sein Stolz nicht zu.

Zum Mittagessen gab es praktischerweise Bollito misto, also verschiedene, gekochte Fleischstücke, mit Wurzelgemüse, Pesto und Stampfkartoffeln.

Fleisch und Gemüse waren bei der Herstellung der Suppen entstanden, die man am Abend als Suppenparade kredenzen wollte. Susanne hatte zu diesem Zweck mehr als 250 eierbechergroße Suppenschälchen erstanden, denn es sollten für etwa 50 Personen fünf verschiedene Süppchen gereicht werden. Um den Effekt zu erhöhen, hatte Lars Suppen ausgesucht, die sich auch farblich unterschieden: Es würde Spargelsuppe, Karotten-Ingwersuppe mit Chili, Tomatensuppe, Rote-Rübensuppe und Erbsensuppe geben. Und natürlich waren es keine Suppen, sondern Süppchen, etwas anderes kam Lars nicht ins Schälchen.

Danach sollte es Frikadellen geben, natürlich nur ganz kleine, und mit Wachteleiern gefüllt, Strudelsäckchen, gefüllt mit Shrimps und Gemüse, Kaninchenroulade auf Pumpernickelscheiben, gebackene Haxerln vom Stubenküken, aber auch eine große Platte mit Roastbeef und eine riesige Schüssel mit Meeresfrüchtesalat. Dazu Käse, deren Namen nicht einmal Susanne je gehört hatte, und zum süßen Abschluss in Schokolade getunkte Früchte und Gelees.

Die Kochseminaristen hätten es sich nach dem Mittagessen gerne noch mit einem Gläschen Wein gemütlich gemacht, aber Lars mahnte zur Eile. Auch Susanne hatte daran gedacht, sich zu verdrücken, um gemeinsam mit Doris und Werner einen Kaffee zu trinken, schließlich hatte sie Nina zu seiner Unterstützung engagiert. Aber Lars hatte andere Pläne.

„Schönste Schlossherrin, auf ein Wort!", rief er ihr nach. Also machte sie kehrt. „Wer kümmert sich um die Deko?"

„Welche Deko?"

„Die Buffet-Deko natürlich."

Daran hatte sie bis dato keinen Gedanken verschwendet. Nicht das sie keinen Wert darauf gelegt hätte, aber ihre handwerklichen Fähigkeiten beschränkten sich auf das Aufstellen von Servietten und fertig gekauften Blumengestecken. Und überhaupt, sie hatten vereinbart, dass sie die Gäste mit einem Aperitif in der Taverne empfangen und so lange festhalten sollte, bis Lars mit seinen Schülern das Buffet aufgebaut hatte. Wie er das machte, war schließlich seine Sache.

Sie hatte zusätzlich zu den Eierbechern und etlichen Tellerchen noch einige Stehtische gekauft, den Rest, so hatte sie bis eben gedacht, würde Lars mit seinen Seminaristen bewerkstelligen.

„Deine Gerichte sprechen doch für sich, ich bin sicher, sie bedürfen keiner Deko", versuchte sie sich aus der Affäre zu ziehen.

„Jedes erstklassige Büffet braucht eine erstklassige Deko", entgegnete er und erstmals meinte sie, eine Mischung aus Ungeduld und Nervosität an ihm wahrzunehmen. Heiliger Himmel, es war Samstagnachmittag, wo sollte sie denn jetzt eine passende Dekoration auftreiben?

„Darf ich dir dabei vielleicht zur Hand gehen?", hörte sie Werners melodiöse Stimme aus dem Hintergrund.

„Werner, natürlich, du bist unsere Rettung!" Rasch erzählte sie, wie er am Ostermontag quasi aus dem Nichts eine sehr stilvolle Osterdekoration gebastelt hatte.

„Aus dem Nichts. Wie praktisch", kam es spitz von Lars. „Da kann ja nichts mehr schiefgehen. Na, denn mal los, Herr Architekt."

Lars klatschte in die Hände, machte auf dem Absatz kehrt und kam gerade zurecht, um eine seiner Schülerin darüber zu belehren, dass man Petersilie niemals hackt, sondern immer nur schneidet, weil sie sonst metallisch schmeckt.

„Der glaubt das alles wirklich", murmelte Doris beim Hinausgehen.

*

Werner inspizierte in aller Ruhe den Partykeller, die vorbereiteten Servietten und Kerzen, nickte beifällig und überraschte sie nach einigem Nachdenken mit der Frage, ob sie wohl Alu-Folien vorrätig hätte.

„Wie viele brauchst du denn?"

„Je mehr, desto besser. Außerdem brauche ich Plastikschüsseln in verschiedenen Größen, um mehrere Ebenen herzustellen. Dann noch Vasen und wenn ihr beiden vielleicht so nett wärt, einen ordentlichen Strauß Wiesenblumen zu pflücken?"

Die Läden in Kaiserstein hatten ab Samstagmittag zwar geschlossen, aber das hieß nicht, dass man nichts mehr kaufen konnte. Susanne organisierte zehn Rollen Alufolie, worüber Werner ebenso erfreut schien wie über die Schüsseln und Vasen, die sie aus der Nachbarschaft in Windeseile zusammengetragen hatten. Dann scheuchte er die Damen auf die Dorfwiese, weil die, wie er meinte, voller Wiesenblumen sei, die er dringend benötigte.

Als sie zurückkamen, staunten sie nicht schlecht. Werner hatte die vorgesehenen Tischtücher in den Fensternischen drapiert, was schon einmal sehr hübsch aussah. Die Tische hatte er dagegen mit Alufolie überspannt. Die Schüsseln waren umgedreht und ebenfalls mit Alufolie umwickelt worden, um sie als erhobene Abstellfläche für weitere Platten und Schüssel zu verwenden. Dann hatte er Alufolie so dekorativ um die Schüsseln drapiert, dass kein Mensch mehr auf die Idee kommen würde, unter diesen kunstvollen Gebilden könnte sich das Plastiklavoir des Fleischers verbergen.

Die Blumen arrangierte er geschmackvoll in mehreren Vasen und stellte sie vorerst zur Seite.

„Damit werden wir das Werk der Kochstars später vollenden", meinte er spöttisch lächelnd.

„Fantastisch. Wirklich fantastisch", lobte Doris und Susanne spürte einen kleinen Stich in der Herzgegend.

Sie würde doch nicht eifersüchtig sein? Nein, niemals. Eifersucht war ihr vollkommen fremd, sie hatte auch gar keine Zeit dazu. Nina hatte ihr im Vorbeigehen zugeraunt, sie möge dringend in die Küche kommen, der Kochstar schien mit seinen Nerven am Ende zu sein. Doch bevor sie sich in Richtung Küche davonmachte, sagte sie im Befehlston zu Werner: „Und du ruhst dich jetzt aus, damit du abends fit bist."

*

Susanne hatte sich für die Buchpräsentation in eines ihrer Dirndl gezwängt; das war zwar nicht sehr gemütlich, aber als sie vor dem Spiegel stand, fand sie selbst, dass es ihr sehr gut stand. Ja, sie gefiel sich. Noch etwas Lippenstift und los ging's.

Doch als sie wenig später in die Taverne kam und Doris in einem todchicen dunkelgrauen Strick-Ensemble mit Werner plaudernd am Kamin stehen sah, überlegte sie kurz, ob sie sich nicht besser umziehen sollte. Was sollte diese Verkleidung, sie war doch schließlich keine ...

Zu spät. Werner hob eben die Hand und winkte ihr zu. Sie winkte zurück, wandte sich dann aber einer jungen Journalistin zu, die soeben eingetroffen war.

Nina hatte am Nachmittag in der Taverne eine Sektbar aufgebaut, die Werner später noch mit der verbliebenen Alufolie behübscht hatte. Die Folie passte gut zu der großen Silberschale, in der die Sektflaschen auf Eis lagen, und die Vase mit den restlichen Wiesenblumen stellte einen gekonnten Kontrapunkt dar.

Sie begleitete die junge Dame zur Sektbar, übergab sie an Nina und eilte wieder zum Eingang, wo Nora, diesmal mit Tochter und Mann, unschlüssig herumstand. Sie hatte Nora lange nicht gesehen und es hätte viel zu erzählen gegeben, aber schon kamen neue Gäste, denen sie sich zuwenden musste.

Es war schon fast Viertel acht, als Lars endlich in die Taverne kam. Dafür lachte er strahlend weiß und frisch gestärkt in die Kamera.

Schon erstaunlich, dachte sie. Niemand, der sah, wie er nun fröhlich die Kamera lächelte, hätte sich auch nur im Entferntesten vorstellen können, dass dieser gut gelaunte Mann noch vor wenigen Stunden einem Nervenbündel nicht ganz unähnlich gewesen war. Während Sie mit Lars in die Kamera lächelte, fiel ihr auf, dass Doris und Werner den Raum verließen. Wo gingen die beiden denn jetzt schon wieder hin?

Wenig später wusste sie es. Werner hatte die Vasen mit den Wiesenblumen verteilt – sehr geschickt verteilt. Das Buffet sah nun wirklich toll aus. Lars' kulinarische Kreationen wurden von der drapierten Alufolie dezent ins rechte Licht gerückt und die Wiesenblumen verliehen dem Ganzen ein gewisses Understatement.

Susanne plauderte ein wenig mit einem Redakteur, bediente sich dann mit Spargelsüppchen und Roastbeef vom Buffet und kam gerade an Noras Tisch, als deren Tochter erklärte, niemals im Leben würde sie Stubenküken oder Kaninchen essen und auch vom Roastbeef könne sie erst essen, wenn sie wüsste, dass das arme Tier zumindest artgerecht gehalten worden war.

„Da kann ich dich schon mal beruhigen", sagte Susanne. „Das Fleisch stammt von unserem hiesigen Fleischer. Bei dem ist alles absolut bio und jedes Tier hat einen Namen."

„Trotzdem schlachtet er sie?" Noras Tochter schien entsetzt.

„Er kann sie ja nicht zu Tode streicheln", seufzte ihr Vater und begab sich neuerlich zum Buffet.

„Papa ist ein absoluter Nullchecker", empörte sich das Töchterchen. Susanne hielt sie für eine verwöhnte Göre und hatte nicht vor, sich diesem Thema eingehender zu widmen. Sie warf ihr einen eisigen Blick zu und wandte sich an Nora: „Was macht der neue Job? Immer noch alles paletti?"

„Danke, ich hätte es wirklich nicht besser treffen können. Ich bin in der Zwischenzeit zur Pressesprecherin avanciert. Weißt du, mein neuer Chef ist ein wirklicher Fachmann, aber er betrachtet alles absolut wissenschaftlich und seine Versuche, die Dinge volkstümlich zu erklären, sind rührend, aber leider ..."

„Mama, bitte, nicht wieder die Jobplatte. Das ist urpeinlich und interessiert wirklich niemanden", unterbrach das reizende Töchterchen.

Nora schien irritiert, Susanne hingegen sagte kühl: „Mich schon", und maß das junge Ding mit einem Blick, der diese dazu veranlasste, das Weite zu suchen.

„Entschuldige, bitte", stotterte Nora. „Sie ist im Moment in einem echt blöden Alter."

„Kenn ich. Trotzdem solltest du dir so etwas nicht bieten lassen."

Nora seufzte. „Das sagt sich leicht. Wir hatten stets ein sehr partnerschaftliches Verhältnis zu unserer Tochter."

Susanne beobachtete, wie Noras Tochter ihren Vater an einen anderen Tisch dirigierte, und dachte bei sich: Vielleicht war das auch falsch. Claudia hatte ihr bei ihrem letzten Streit vorgeworfen, zu autoritär gewesen zu sein. Anscheinend konnte man es kaum richtig machen. Sie wandte sich wieder Nora zu: „Jetzt erzähl schon!"

*

Werner schien sich an ihren Befehl mit der Nachmittagsruhe gehalten zu haben, denn als die meisten Gäste schon gegangen waren, fand sie ihn immer noch in der Taverne. Er saß mit Doris, Nina und dem Gemeindearzt an einem der kleinen Tische, die Nina und Felix aufgestellt hatten, kaum dass der Aperitif vorbei war. Nina war wirklich zu einer großen Hilfe geworden. Sie trug das schwarze Strickkleid, das Susanne ihr zu Weihnachten geschenkte hatte, und seit ihre Haare schwarz und ihre Lippen nicht mehr violett waren, sah sie von Tag zu Tag besser aus, fand Susanne.

Der Gemeindearzt schien das auch schon bemerkt zu haben.

Susanne ließ sich auf einen leeren Sessel fallen und bat Felix, ihr ein Glas Wasser zu bringen.

„Müde?", fragte Werner fürsorglich. Die Frage tat ihr ebenso gut wie sein Lächeln.

Sie nickte. „Schon, aber zufrieden", und berichtete, dass sie mindestens fünfzig Bücher verkauft und signiert hatten und dass ihr der Redakteur vom „Kaiersteiner Boten" eine ganze Seite in der kommenden Samstag-Ausgabe versprochen hatte.

Kurz darauf kam Lars: „Sag mal, geht diese alte Musikbox da unten noch?"

„Na hör mal. Der Wurlitzer ist meine neueste Errungenschaft und mein ganzer Stolz!", entrüstete sie sich.

„Nimmt aber wohl keine Euros, wat?"

„Nee, Euros nimmt er nicht, aber ich habe eine ganze Box mit alten Schillingmünzen, findest du in der Fensternische daneben, die nimmt er."

„Und was hältst du davon, wenn wir mal eine kesse Sohle aufs Parkett legen?"

Die Aussicht auf Tanzen ließ Susannes Müdigkeit in Sekundenschnelle verfliegen. „Gute Idee, ich fürchte nur, dass die Scheiben mehr auf unsere Generation zugeschnitten sind", meinte sie augenzwinkernd und mit einem Seitenblick zu Nina.

„Rock 'n' Roll ist immer in", rief Lars und tanzte davon.

„Hat wohl ein wenig heftig dem Alkohol zugesprochen", meinte Doris und erhob sich.

„Nö", meinte Nina, „der is' immer so. Mal sehen, ob er überhaupt tanzen kann", und ging davon. Der Gemeindearzt folgte ihr.

„Ob das ein Kompliment war?", überlegte Werner, während er sich am Tisch festhielt und hochzog.

Auch Susanne war aufgestanden und wandte sich der Kellertreppe zu, doch Doris rief ihr nach: „Also, ich bin müde, ich komme nicht mehr mit."

„Hast du das Tanzen verlernt?", neckte sie. Dann wandte sie sich Werner zu: „Aber du kommst doch mit?"

Der lächelte, doch diesmal etwas gequält: „Tut mir leid, aber mit dem Bein wird das leider nichts werden."

„Vielleicht ein langsamer Walzer", lockte Susanne.

„Ich lass es dich wissen, sobald es wieder möglich ist", antwortete er, nickte ihr zu und folgte Doris langsam zum Ausgang.

Verdammt, warum hatte sie nicht daran gedacht?

Irgendwie war ihr nun auch die Lust vergangen, aber als Gastgeberin hatte sie schließlich Verpflichtungen. Seufzend folgte sie den anderen in den Partykeller.

Klare Hühnersuppe

1 Suppenhuhn (auch Hühnerteile und Hühnerklein)
Wurzelwerk und Suppengrün (Karotten, Petersilienwurzel, Lauch, Sellerie)
1 kleine Zwiebel, gespickt mit 3 Gewürznelken
1 Stück Ingwer
1 Lorbeerblatt
Salz
Schnittlauch zum Garnieren

Das Huhn zerteilen, 2–3 l Wasser salzen, das geputzte, geschnittene Gemüse, Hühnerteile und die Gewürze zugeben, langsam zum Kochen bringen, den entstehenden Schaum abschöpfen und langsam etwa 1 Stunde weiter köcheln lassen.
Die Suppe abseihen und je nach Lust und Laune weiter verwenden.

Bleibt doch bis morgen früh, dann können wir uns heute noch einen gemütlichen Tag machen und ihr erspart euch den abendlichen Rückreiseverkehr", argumentierte Susanne am Sonntagvormittag.

„Ich hatte auch nicht vor, abends zu fahren, sondern am frühen Nachmittag wie immer", konterte Doris.

Susanne warf ihr einen vielsagenden Blick zu, doch Doris blieb dabei: „Sorry, aber ich habe morgen um acht einen Termin mit einem Doktoranden."

Also wandte sie sich an Werner. „Aber du könntest doch noch bleiben."

Werner lächelte sein melancholisches Lächeln. „Es tut mir wirklich sehr leid, dich enttäuschen zu müssen, aber Montagfrüh ist unsere wöchentliche Dienstbesprechung, die habe ich in letzter Zeit leider allzu oft versäumt. Ich möchte nicht, dass meine Mitarbeiter auf die Idee kommen, ohne mich geht's eigentlich auch ganz gut", versuchte er zu scherzen.

„Aber deine Tochter ist doch dabei."

„Eben", antwortete er kryptisch.

Also blieb ihr nichts anderes übrig, als die beiden ziehen zu lassen. Zuvor hatten sie noch einen Spaziergang gemacht. Weit waren sie nicht gekommen, denn Werners Bein verhinderte eine raschere Gangart und da sowohl Doris als auch Susanne sich weigerten, ihn allein zurückzulassen, wie er das mehrfach vorgeschlagen hatte, hatten sie nur den Dorfteich umrundet.

„Macht doch nichts", hatte Lars jovial angemerkt und Werner dabei aufmunternd auf die Schulter geklopft. „Susanne und ich können ja am Nachmittag noch eine flotte Runde drehen."

Das war zwar objektiv richtig, denn Lars flog erst am Montag zu Fernsehaufnahmen nach Frankfurt, wie er mehrfach erwähnt hatte, dennoch hätte sie ihn für diese Bemerkung am liebsten erwürgt.

Als Doris und Werner abgefahren waren, fragte Lars: „Sind die beiden ein Paar?"

„Natürlich nicht!", brauste sie auf. „Wie kommst du denn darauf?"

„Dann ist Werner der Grund dafür, dass ich im Gasthof nächtigen musste?"

Darauf gab sie vorerst keine Antwort und ging ins Haus. Keine Antwort ist auch eine Antwort, hatte ihr Vater immer gesagt. Lars sah das offenbar anders und wiederholte seine Frage.

„Werner hat doch auch im Gasthof übernachtet", wich sie ihm aus.

„Du hältst mich wohl für total bescheuert?", donnerte er plötzlich.

„Keineswegs. Die einzig Bescheuerte bin hier ich!", schrie sie zurück.

Das immerhin schien ihn zu amüsieren. „Ach ja?", grinste er, aber sie ließ sich jetzt nicht ablenken: „Habe ich dir am Donnerstagabend nicht gesagt, dass das nichts wird mit uns beiden?"

„Hast du", nickte er zustimmend und bediente sich aus ihrer Obstschüssel. Er wählte mit Bedacht eine Banane, schälte sie sorgfältig und bot ihr den ersten Bissen an. Es wirkte ein wenig wie ein Friedensangebot, doch sie winkte ab, ihr war jetzt nicht nach Friedensangeboten. Sie würde reinen Tisch machen, jetzt gleich.

„Du hast alles daran gesetzt den Eindruck zu erwecken, wir beide wären ein Paar."

„Richtig."

„Und du hast keine Gelegenheit ausgelassen, Werner zu demütigen."

Er biss genussvoll in seine Banane und lächelte: „Demütigen würde ich jetzt nicht sagen."

„Ich finde das jedenfalls nicht zum Lachen", giftete sie ihn an.

„Du hast recht, das war ganz hässlich von mir. Ich gelobe Besserung." Er hob zwei Finger zum Schwur. „Ehrenwort."

Sie blieb skeptisch, er sah es ihr wohl an und setzte nach: „Hanseatische Kaufmannsehre. Wir brechen niemals unser Wort."

„Natürlich. Und die Erde ist eine Scheibe."

Er ging nicht darauf ein, also legte sie nach: „Außerdem bist du bekanntlich ein Bayer."

Er lächelte süffisant. „Eben."

„Ein ganz untypischer."

„Ich weiß. Das liegt an der Mischung. Meine Mutter ist Italienerin, mein Vater war Hamburger, aber geboren bin ich in München."

So war das also.

„Was machen wir jetzt mit unseren gemeinsamen Kochkursen?", fragte sie. Sie hatten sich im Verlagsvertrag dazu verpflichtet, im kommenden Jahr mindestens drei davon anzubieten.

„Ich bin Profi", antwortete er mit Würde.

Nachdem er die Banane verzehrt hatte, fragte er galant: „Möchtest du auch einen Kaffee?" und machte sich an ihrer Kaffeemaschine zu schaffen.

„Nein, danke."

Eigentlich wollte sie, dass er ging, stattdessen fragte er: „Was macht dich eigentlich so sicher, dass die beiden kein Paar sind?"

„Na hör mal! Ich kenn' doch Doris. So etwas würde sie nicht tun."

„Was würde sie nie tun? Der Freundin den Liebhaber ausspannen? Dafür gibt es Beispiele, glaub mir."

„Nicht Doris!", beharrte Susanne.

Lars nippte genussvoll an seinem Mokka, ehe er sagte: „Trotzdem hat sie sich sehr um ihn bemüht und wenn man sie genauer beobachtet, ist sie eine sehr attraktive Frau – sie weiß es nur nicht."

*

Lars' Worte verfolgten Susanne immer noch, als dieser längst auf dem Weg nach Frankfurt war. Ganz unrecht hatte er nämlich nicht. Doris war eine vielschichtige Persönlichkeit. Sie war einerseits die respekteinflößende Professorin, als die man sie zu allererst kennen lernte. Sie war aber auch sonst eine interessante Frau. Vielleicht nicht schön im herkömmlichen Sinn, aber auf ihre Art attraktiv, da hatte er schon recht. Und hatte sie sich an diesem Wochenende nicht besondere Mühe gegeben, gut auszusehen?

Was wusste Susanne von Werner, was von seinen Vorlieben? Er war gut in seinem Fach, verlässlich in der Arbeit. Wenn er auch selbst mehr der ruhige Typ war, so schien er starke Frauen zu mögen, sonst hätte es doch auch zwischen ihnen nicht gefunkt. Doris war auch eine starke Frau und vielleicht war sie ihm sogar im Wesen näher? Beide waren eher introvertiert und trugen das Herz nicht auf der Zunge. Susanne hatte mit Doris' Literatur- und Kunstverständnis nie mithalten können, aber Werner schien ziemlich belesen zu sein. Höchstwahrscheinlich würde er sich schon von Berufs wegen für Kunstgeschichte interessieren, und möglicherweise zog er ein ruhiges Gespräch über die Medicis einem fröhlichen Tanzabend vor.

Als sie an diesem Punkt ihrer Überlegungen angelangt war, hatten diese sich so erfolgreich auf ihren Magen geschlagen, dass sie nicht einmal essen wollte – und wenn sie nicht essen wollte, dann war Alarmstufe rot.

Sie wollte jetzt Gewissheit haben, stelzte in ihr Büro, wählte Doris' Nummer und begrüßte sie mit den Worten: „Na, war's noch nett?" Sogar in eigenen Ohren hörte sich das schrill und anklagend an.

„Dank der Nachfrage, wir hatten Stau auf der Autobahn."
„Wenigstens hattet ihr genug Zeit, um euch über die Medicis zu unterhalten."
„Wie kommst du ausgerechnet auf die Medici?"
„Ich finde, sie passen zu euch."
Einen Moment herrschte Stille, dann fragte Doris: „Susanne, hast du getrunken?"
„Nur Kaffee und Wasser."
„Und davon kann man besoffen werden?"
„Wer sagt, dass ich betrunken bin? Ich bin stocknüchtern – und stocksauer."
„Worauf?"
„Auf dich, oder auf euch, das weiß ich nicht so genau."
„Kannst du dich etwas präziser ausdrücken?"
Susanne holte tief Luft, dann purzelten all die Gedanken, die Lars ihr in den Kopf gesetzt hatte, aus ihrem Mund.

Als sie fertig war, blieb es einen Augenblick still, sie befürchtete schon, Doris könnte aufgelegt haben. Irgendwo sagte ihr ein Rest von Verstand, dass man es ihr nicht hätte verdenken können.

Dann hörte sie Doris' Stimme, die verwundert fragte: „Susanne, spinnst du?"

Jetzt, da sie sich alles von der Seele geredet hatte, konnte sie über diese Frage sogar ein wenig lachen, ehe sie antwortete: „Das nicht, aber möglicherweise könnte es sein, dass ich ein klein wenig eifersüchtig bin."

„Jetzt hör mir mal gut zu, du dumme Kuh. Wir sind jetzt seit mehr als vierzig Jahren befreundet. Ich habe nicht vor, das zu ändern, nicht einmal wegen Werner. Obwohl der wirklich eine Perle ist und ich gar nicht sicher bin, ob du ihn verdienst."

„Wer bekommt schon, was er verdient", kicherte Susanne mit Tränen in der Stimme, „und außerdem ist es noch gar nicht sicher, dass ..." Beinahe hätte sie gesagt, dass ich ihn bekomme. Aber Werner war schließlich kein Pokal, der einem für besondere Leistungen verliehen wurde. Er war ein Mann, von dem sie geliebt werden wollte. Aber wenn sie sich seiner Zuneigung auch gewiss war, von Liebe war nie die Rede gewesen.

*

Nach dem Telefonat mit Doris verspürte Susanne plötzlich mordsmäßigen Hunger und stellte verwundert fest, dass sie seit dem Frühstück nichts mehr gegessen hatte. Leider war der Kühlschrank leer, sie hatte vergessen einzukaufen.

Wie gut, dass sie für Notfälle immer etwas im Tiefkühler hatte. Sie konnte sogar wählen zwischen Gulasch und Hühnersuppe. Sie entschied sich für Gulasch, das hatte genau die richtige Schärfe.

Nach dem Essen schenkte sie sich noch einen Schluck Bier ein und rief Werner an. Das Gespräch mit ihm tat ihr ebenso wohl wie das feurige Gulasch, müde und zufrieden begab sie sich zu Bett und träumte selig von Sonne, Strand und – Werner.

Als sie erwachte, verspürte sie Durst. Sie stand auf und tappte ins Bad, um sich ein Glas Wasser zu holen. Einer alten Gewohnheit folgend tat sie dies im Dunkeln. Plötzlich hatte sie das Gefühl, einen Schatten in der Dusche gesehen zu haben. Einbrecher, durchzuckte es sie.

Sie unterdrückte den Impuls, genauer nachzusehen, tat, als hätte sie nichts bemerkt, und verließ mit klopfendem Herzen das Bad. Auf dem Weg in ihr Zimmer stieg ihr ein fremder Geruch nach Schweiß und Alkohol in die Nase. Ihr Herz schlug so laut, dass sie einen unsinnigen Moment lang befürchtete, der Einbrecher könnte es hören.

Jetzt nur keine Konfrontation herbeiführen. Sie zwang sich, genau so langsam zurückzugehen wie sie gekommen war und ließ auch die Tür zum Schlafzimmer einen Spalt breit offen, ganz so, wie es gewesen war. Dann legte sich ins Bett, versuchte ruhig zu atmen und lauschte angestrengt.

Ein leises Knarren sagte ihr, dass der Fremde sich in das untere Geschoss zurückzog. Zum Glück lag ihr Handy auf dem Nachtkästchen. Jetzt wäre der richtige Moment, den Polizei-Notruf zu wählen. Aber wer weiß, möglicherweise war noch jemand hier, besser sie tat nichts und lauschte weiter.

Nichts rührte sich.

Fast glaubte sie, sie hätte alles nur geträumt, als sie plötzlich einen dumpfen Knall hörte, es schien, als wäre etwas zerbrochen. Fieberhaft überlegte sie, was zu tun war, als sie die Haustüre zufallen hörte, dann war Stille.

Endlich griff sie zum Handy und wählte den Polizei-Notruf.

„Einbrecher im Rosenschlösschen", flüsterte sie.

Der Beamte wollte die genaue Adresse wissen. Natürlich. Sicher war sie in einer Notrufzentrale gelandet. Sie lauschte noch einen Moment, ehe sie ihm die Adresse nannte.

„Keine Alleingänge, wir kommen", lautete die Antwort.

Ihr war ohnehin nicht nach Alleingängen zumute. Da immer noch absolute Stille herrschte, stand sie leise auf und zog den Badmantel an. Dann nahm sie den Reserveschlüssel aus dem Nachtkästchen und stellte sich ans Fenster. Ein Wagen kam die Hauptstraße heraufgeschossen, schaltete das Licht aus und rollte langsam auf ihr Haus zu. Als die Beamten ausstiegen, öffnete sie das Fenster und warf ihnen den Hausschlüssel zu.

Die Beamten durchkämmten Haus, Keller und Gartentrakt, es war niemand mehr da.

Aus dem Lagerraum der Taverne fehlten Lebensmittel und in ihrem Büro fanden sie eine zerbrochene Schale, in der sie während des Telefonierens manchmal ihre Klipse deponierte.

Die Perlenklipse, die sie gestern getragen hatte, waren auch weg.

„Die Lebensmittel sind zu verkraften und zu den Ohrringen kann man dem guten Mann auch nicht gratulieren, sie waren nicht echt."

„Komisch, sonst scheint es sich um einen Profi gehandelt zu haben. Er muss die Alarmanlage fachgerecht manipuliert haben. Auf den ersten Blick ist nichts zu sehen, trotzdem hat sie nicht angeschlagen."

„Sie war nicht eingeschaltet", gestand Susanne.

*

Der folgende Tag war ausgefüllt mit Professionistenterminen, Versicherungsmeldungen und Ähnlichem. Nina hatte ihr angeboten, bei ihr zu schlafen, aber Susanne hatte abgelehnt.

„Ich danke dir. Glaub' mir, ich fände das wirklich sehr, sehr angenehm und beruhigend. Aber ich fürchte, wenn ich jetzt klein beigebe, kannst du deine Zelte für immer bei mir aufschlagen. Der Doktor hat mir letztens ein leichtes Schlafmittel gegeben, damit werde ich es versuchen und wenn mich die Angst dennoch packt, kann ich euch immer noch aus den Federn läuten. Außerdem hat die Polizei mir versprochen, mein Haus in den nächsten Tagen zu beobachten."

„Das machen die doch nur, wenn sie glauben, dass der Täter wiederkommt. Also, das fände ich ehrlich gesagt nicht sehr beruhigend", hielt Nina dagegen.

Daran hatte sie selbst auch schon gedacht, dennoch blieb sie dabei und bereute es bitter – zumindest bis Mitternacht. Dann aber schlief sie doch ein und erwachte am nächsten Morgen leidlich ausgeschlafen und froh, es geschafft zu haben.

Aber sobald der Abend kam, waren auch ihre Ängste wieder da. Es hätte nicht viel gefehlt und sie hätte Nina angerufen.

Der vis-à-vis ihres Hauses abgestellte Streifenwagen, in dem vermutlich einer der Polizisten ein Nickerchen hielt, trug auch nicht zu ihrer Beruhigung bei.

Der Nudelsalat

30 dag gekochte Pasta
20 dag geräucherter Schinken
1 roter, 1 gelber Paprika
1 Zucchino
1 Tasse Erbsen (gekocht, versteht sich)
Mayonnaise
etwas Soja Obers
Dijon-Senf
Salz, Pfeffer
etwas Blattsalat zum Anrichten
evtl. etwas Chiliöl

Pasta kochen, auch in diesem Falle kalt abspülen und abtropfen lassen.
Paprika, Schinken und Zucchini in kleine Würfel schneiden.
Mayonnaise (selbstverständlich selbst gerührt) mit Soja-Obers, Senf und den Gewürzen abschmecken, evtl. ein paar Tropfen Essig zugeben, mit der Pasta und dem Gemüse vermengen und einige Minuten ziehen lassen.
In der Zwischenzeit den Salat waschen, putzen, etwas marinieren und auf Tellern bouquetartig anrichten.
Den Nudelsalat – wie erwähnt – nochmals abschmecken, evtl. nachwürzen und servieren.

Obwohl in den nächsten Nächten alles ruhig geblieben war und ihr die Verlobungsfeier ihrer Nichte so gar nicht in den Kram passte, war Susanne nicht unfroh, als sie am darauffolgenden Wochenende dem Rosenschlösschen für einige Tage den Rücken kehren konnte. Den Kinderkochkurs würde Nina diesmal alleine abhalten. Sie hatte Susanne versichert, dass es ihr nichts ausmache. Außerdem würde der Gemeindearzt assistieren für den Fall, dass sich jemand in den Finger schnitt. Schau, schau.

Mit gemischten Gefühlen machte sich Susanne auf den Weg. Erst hatte sie Arbeit vorschützen wollen und ihrer Nichte geschrieben, dass sie leider nicht kommen könne. Aber dann hatte Cousine Paula sie so inständig gebeten dabei zu sein – da hatte sie nicht nein sagen können.

Da der Bräutigam einer Hoteliersfamilie aus Baden entstammte, fand das Fest im Hotel seiner Eltern statt. Ein Fest, dem Paula offenbar mit gemischten Gefühlen entgegensah.

Susanne ebenfalls. Sie kannte den Lechnerhof und konnte sich weder Paula noch deren Göttergatten im vornehmen Ambiente besonders gut vorstellen.

Das Hotel, ein prächtiger Bau aus dem Historismus, samt eines weniger prächtigen Zubaus aus den siebziger Jahren, lag in einem wunderschönen Park, in dem, als Susanne ankam, bereits der Aperitif gereicht wurde.

„Da bist du ja endlich", zischte Paula, es klang nach Vorwurf.

„Dir auch einen wundervollen Abend, cheers", entgegnete Susanne lächelnd und hielt Paula ihr Sektglas entgegen.

„Prost", antwortete Paula säuerlich.

„Prost", erwiderte auch Rudi stramm und nahm einen kräftigen Schluck. Ein Bier wäre ihm vermutlich lieber gewesen.

Eben wollte sie fragen, wo denn ihre Nichte sei, als diese, einen molligen jungen Mann im Schlepptau, auf sie zustürmte.

„Tante Su! Darf ich dir meinen Liebsten vorstellen. Klaus, das ist meine Lieblingstante."

Klaus reichte ihr die Hand. Sein Händedruck war fest und angenehm.

„Wir kennen uns doch vom Geburtstag meiner Schwiegermama", sagte er lächelnd zu Susanne und nickte Paula zu.

Er war vielleicht nicht der fescheste junge Mann, aber er hatte Charme und war Susanne auf den ersten Blick sympathisch und dieses Lächeln erinnerte sie … aber an wen?

Kurz darauf wurden sie in den Saal gebeten, der mit pinkfarbenen Luftballons und Rosen des gleichen Farbtons geschmückt worden war.

„So ein Affentheater", zischte Paula ihr ins Ohr, „und das ist erst die Verlobung. Hätten die beiden nicht einfach mit ihren Freunden zum Heurigen gehen können?"

Susanne fand die ganze Veranstaltung für eine Verlobungsfeier auch etwas übertrieben. Sie hatte gar nicht gewusst, dass es Verlobungsfeiern überhaupt noch gab. Dennoch gefiel ihr das Ambiente. Entspannt lehnte sie sich zurück und ließ ihren Blick über die Gesellschaft gleiten. Sie schätzte, dass an die hundert Gäste anwesend waren. Erwartungsgemäß saß sie mit Paula und Rudi an einem Tisch und richtete sich bereits auf einen mühevollen Abend ein, als ihr jemand auf die Schulter klopfte: „Darf ich?"

Susanne traute ihren Augen nicht. „Peter? Das gibt es doch nicht. Was machst du denn hier?"

„Na entschuldige, ich bin der Onkel des Bräutigams."

Was hatte sie ihm nicht alles an den Kopf werfen wollen, wenn sie ihn noch jemals treffen sollte. Jetzt stand er vor ihr, lächelte sie einfach an und sie prostete ihm wortlos zu.

*

Als sie am Sonntag nach Wien weiterfuhr, hatte sie eine Menge, worüber sie nachdenken konnte. Wie gut, dass sie sich gleich mit Werner treffen würde. Der würde vielleicht Augen machen, wenn sie ihm erzählte, was sich bei IMMO mit WERT in Wahrheit abgespielt hatte.

Sie waren an der alten Donau verabredet, um ein Stück spazieren zu gehen. Der ebene Asphaltweg kam Werner entgegen. Er erwartete sie bereits.

„Von mir aus kann's losgehen", sagte er fröhlich, doch sein Gang war unverändert schleppend, sie kamen nur langsam vorwärts. Normalerweise fiel es ihr schwer, sich auf sein langsames Tempo einzustellen, doch diesmal achtete sie nicht darauf, zu sehr war sie damit beschäftigt, ihm zu erzählen, was sie gestern Abend erfahren hatte.

„So etwas nennt man wohl eine feindliche Übernahme", meinte Werner.

„Genau. Unsere Freunde von IMMO mit WERT haben Peter einfach ausgetrickst. Traust du's ihnen nicht zu?"
„Doch."
„Das sieht diesen geschleckten Affen sogar ziemlich ähnlich", eiferte sich Susanne. „Verträge nicht einhalten, Intrigen spinnen und hinterrücks agieren. Habe ich nicht gesagt, die wären fähig, ihre eigene Großmutter zu verkaufen? Jedenfalls war Peter daraufhin so fertig, dass er sich ins Auto gesetzt hat und schnurstracks in die Toskana gefahren ist."
„Wie geht es ihm jetzt? Kommt er zurecht mit seinem Weingut?"
Sie lachte. „Du glaubst doch wohl nicht, dass er sich auf die Dauer damit begnügt, in der Toskana Wein zu süffeln. Erst hat er seine Wunden geleckt, dann hat er das Weingut ein wenig auf Vordermann gebracht und jetzt pendelt er zwischen Wien und der Toskana. Er hat übrigens ein neues Projekt an der Angel. Gestern tat er noch sehr geheimnisvoll, kennst ihn ja, aber ich soll dir ausrichten, wenn es klappt, wird er auf dich zukommen."
Werner blieb abrupt stehen: „Du hast ihm erzählt, dass wir … ich meine …"
„Das wir was? Gelegentlich miteinander spazieren gehen? Doch, das habe ich ihm erzählt. War das falsch?"
Er ging langsam weiter: „Natürlich nicht."

*

Denn Abend verbrachte Susanne, einmal mehr, bei Doris.
„Morgen sehe ich mir eine kleine Garconniere an, die ich mieten möchte. Wenn das klappt, bist du mich beim nächsten Wien-Besuch los."
„Das ist doch Unsinn. Das Gästezimmer steht ohnehin die längste Zeit leer, du kannst hier übernachten, so oft du magst."
„Danke, das ist lieb von dir. Zum Dank mache ich dir dann gelegentlich eine Szene."
„Liebe vernebelt eben das Hirn", entgegnete Doris, „man kennt das ja."

„Aus eigener Anschauung oder nur aus der Literatur?"

„Sowohl als auch. Ich denke da an meine Eskapade vom vergangenen Jahr. Aber zumindest sehe ich derzeit klar."

„Schade, eigentlich."

Doris zuckte die Schultern und machte sich an der Prosecco-Flasche zu schaffen.

Später erzählte Susanne von dem Einbruch.

„Das ist ja furchtbar!" Doris war sichtlich entsetzt, doch dann fügte sie schelmisch hinzu: „Ein Grund mehr, um für männlichen Schutz zu sorgen."

„Meinst du, Werner könnte sie mit seinem Stock in die Flucht schlagen? Ich fürchte, das wird aus mehreren Gründen nichts werden."

„Gleich aus mehreren? Ich höre."

Während Doris den vorbereiteten Nudelsalat anrichtete, berichtete Susanne von ihren Wochenenderlebnissen und beendete ihre Erzählungen mit den Worten: „Du hättest Werners Gesicht sehen müssen. Es scheint ihm schon peinlich zu sein, wenn jemand erfährt, dass er sich überhaupt mit mir trifft."

„Unsinn", entgegnete Doris und bat zu Tisch.

Ihr Tischdekor war wie immer schlicht. Weiße Teller, weiße Servietten, grüne Weingläser, eine grüne Kerze. Susanne probierte vorsichtig. Ihr Vertrauen in Doris' Kochkünste war enden wollend. Doch dann nahm sie noch eine Gabel: „Der ist ja gar nicht schlecht. Woher hast du das Rezept?"

„Wenn du es nicht erkennst, ist er offenbar doch nicht ganz gelungen."

„Du meinst, das sollte mein Nudelsalat sein – der aus dem Kochkurs? Nö, da hast du irgendetwas falsch gemacht. Aber der hier ist auch nicht zu verachten."

Doris schien keine Lust zu haben, sich weiter über Kochrezepte zu unterhalten. Sie winkte nur ab und sagte: „Um auf Werner zurückzukommen: Er hat mir auf der Heimfahrt erzählt, dass er sich mit dem Gedanken trägt, sich einen behindertengerechten Wagen anzuschaffen."

„Ich weiß, davon spricht er schon länger, aber meines Wissens hat er bisher nichts dergleichen getan."

„Kann es sein, dass seine Behinderung ihm mehr zu schaffen macht, als er zugibt?"

„Mein Gott, er zieht das rechte Bein nach, das ist auf die Dauer sicher nicht prickelnd, aber so ein Problem ist es nun auch wieder nicht."

Doris sah sie kopfschüttelnd an: „Deine Empathie ist wirklich grenzenlos, aber nicht jeder ist so unsensibel wie du."

War sie unsensibel? Ihr Exmann und ihre Tochter hatten es ihr zumindest immer wieder vorgeworfen. Susanne hingegen fand die beiden übertrieben empfindlich. Laut sagte sie: „Ich weiß, Werner ist ein Fisch und daher sehr sensibel. Aber damit habe ich ja Erfahrung." Dann hob sie ihr Glas und prostete Doris zu. Doris hielt Astrologie für eine Wissenschaft – und sie war ebenfalls im Zeichen des Fisches geboren.

*

Als Susanne am Montagmittag nach Hause kam, schien alles wie immer, nur auf der Alarmanlage blinkte ein kleines rotes Lämpchen. Komisch, das war ihr bisher noch gar nicht aufgefallen. Sie holte das Manuel und las, dass ein Blinken auf eine Störung der Anlage hinwies. Also schaltete sie die Anlage noch einmal ein, dann wieder aus und siehe da – das hektische Blinken war weg.

Zwar befiel sie beim Zubettgehen eine leichte Nervosität, aber sie beruhigte sich mit der Überlegung, dass es schon ziemlich unwahrscheinlich wäre, würde innerhalb weniger Wochen gleich zweimal eingebrochen werden, schließlich war man beim ersten Mal nicht besonders erfolgreich gewesen.

Als sie am Dienstagmorgen in die Taverne ging, wunderte sie sich über zwei Biergläser, die auf einem der Tische standen. Wer ließ denn hier Biergläser stehen? Nina? Sicher nicht, das war nicht ihre Art.

Sie nahm die Gläser mit in die Küche und hätte sie dort um ein Haar fallen lassen.

Der Vorratsschrank stand ebenso offen wie der Weinschrank, beide waren leergefegt.

Mit zwei Schritten war sie am hofseitigen Eingang. Die Tür war eindeutig aufgebrochen worden, ließ sich aber notdürftig schließen. Nicht schon wieder!

Die eilig herbeigerufene Polizei tappte nach wie vor im Dunkeln, der Schlosser empfahl weitere Sicherheitsvorrichtungen, die wieder eine Lawine kosten würden, und die Versicherung kündigte an, dass sie beim nächsten Schadensfall den Vertrag kündigen würde.

Susanne erledigte automatisch alles Notwendige, dann rief sie Nina an, um zu fragen, ob sie nicht doch bei ihr übernachten wollte.

*

In den folgenden Nächten blieb alles ruhig, Alltag kehrte wieder ein, und Susanne begann darüber nachzudenken, ob Werner sich möglicherweise von den Folgen seines Unfalles davon abhalten ließ, aus ihrer Freundschaft Liebe werden zu lassen. Noch bevor sie eine Antwort auf diese Frage gefunden hatte, rief er an und überraschte sie mit der Frage: „Hättest du in den nächsten Tagen eines deiner Gästezimmer frei?"

„Für dich doch immer. Gönnst du dir ein paar Tage Urlaub?"

„Ach, ich muss nachdenken."

Nachdenken war schon mal gut, dass er es in ihrer Nähe tat, war noch besser. Fröhlich sagte sie: „Gib's zu, du willst mich nur beschützen?"

„Ich als Bodyguard? Ich fürchte, das wäre schon vor dem Unfall nicht sonderlich hilfreich gewesen und jetzt ..."

„Jedenfalls freue ich mich, dass du kommst", unterbrach sie ihn eilig. Zwei Tage später holte sie ihn vom Bahnhof ab.

„Worüber möchtest du eigentlich nachdenken?", fragte sie ihn beim Abendessen.

Er legte das Besteck zur Seite, tupfte sich mit der Serviette den Mund ab, ehe er sein Weinglas nahm und ihr zuprostete. Dann erst sagte er: „Es geht um Viktoria, meine Tochter. Sie hat mich vor die Wahl gestellt: Entweder ich überlasse ihr den ersten Platz in der Firma oder sie geht zurück nach London."

„Das nenne ich Erpressung. Meine Tochter hat auf diesem Klavier auch immer gut gespielt. Scheinbar haben wir irgendetwas falsch gemacht."
Er zuckte die Schultern. „Ich weiß nicht, früher war sie nicht so. Der Aufenthalt in London hat sie schon verändert. Aber sie ist sehr tüchtig."
Er machte eine Pause, schien nachzudenken, dann fuhr er weiter fort: „In der Zeit, in der ich nicht zur Verfügung stand, hat sie ihre Sache wirklich sehr gut gemacht. Das habe ich ihr auch gesagt, dafür bin ich ihr wirklich sehr dankbar. Aber jetzt bin ich eben wieder da. Es ist ja nicht so, dass ich ihr keinen eigenen Wirkungskreis zugestehen würde, aber sie gibt mir ständig das Gefühl, dass ich einfach alles falsch mache. Ich frage mich schon, wie ich bisher überhaupt überleben konnte", versuchte er zu scherzen, aber es klang kläglich.
„Das nennt man wohl einen klassischen Generationskonflikt."
„Vermutlich."
Sie hätte dazu noch einiges zu sagen gehabt, aber er schien das Gespräch nicht fortsetzen zu wollen, denn er nahm das Besteck wieder auf, deutete auf den vor ihm stehenden Teller und sagte: „Der gebratenen Spargel mit dieser Sauce und den Petersilienkartoffeln ist wirklich hervorragend."

*

In der darauffolgenden Nacht blieb alles ruhig. Seit Werner ins Gästezimmer gezogen war, schlief Nina wieder daheim und Susanne wunderte sich, wie beruhigend sie es fand, einfach zu wissen, dass er da war, wenn auch etliche Zimmer von ihr entfernt. Dabei konnte er ihr, objektiv betrachtet, sicher nicht helfen, aber das hätte Nina schließlich auch nicht gekonnt. Dennoch fühlte sie sich, seit Werner wieder hier war, deutlich sicherer. Nur als sie am Freitagnachmittag die Vorratskästen eingeräumt hatte, hat sie ein seltsames Gefühl beschlichen.
Gut, dass sie ordentlich zu tun hatte. Am Wochenende würden sie ein volles Haus haben, denn das Kochseminar mit dem Grandseigneur der heimischen Küche war ausgebucht und damit auch die Gästezimmer.

Als sie in der darauffolgenden Nacht munter wurde, meinte sie, ein Geräusch gehört zu haben. War sie jetzt schon total plemplem? Sie lauschte in die Dunkelheit, aber nichts rührte sich, also stand sie nach kurzem Zögern auf, um zur Toilette zu gehen. Auf dem Weg zum Bad warf sie gewohnheitsmäßig einen Blick in den Innenhof und blieb wie angewurzelt stehen. Täuschte sie sich oder war da ein Lichtschein in der Taverne? Sie schlich zurück in ihr Zimmer und wählte mit zitternden Fingern den Polizei-Notruf.

Man bat sie eindringlich, nichts zu unternehmen, man würde sofort jemanden vorbeischicken.

Nun, sie hatte nicht vor, den Einbrecher zu stellen, aber in ihrem Zimmer hielt sie es diesmal auch nicht aus. Auf Zehenspitzen kehrte sie zum Hoffenster zurück. Hätte sie den Beamten noch einmal auf den Hintereingang der Taverne aufmerksam machen sollen? Während sie überlegte, ob sie noch einmal anrufen sollte, nahm sie eine Bewegung im Innenhof war. Unter dem Vordach der Taverne schien jemand zu stehen.

Ein Polizist? In dem Moment schlichen zwei Gestalten vom Rosengarten in Richtung Taverne, plötzlich ein Schrei: „Halt! Polizei!" Licht flammte auf, jetzt konnte sie die Gestalt unter dem Vordach erkennen: Werner.

Was zum Teufel machte Werner im Hof? Einer der Polizisten drückte ihn gegen die Hauswand, während der andere sich anschickte, ihm Handschellen anzulegen. Das durfte doch alles nicht wahr sein! Sie riss den Fensterflügel auf, fegte dabei einen davorstehenden Blumenstock von der Fensterbank, achtete aber nicht darauf und rief: „Das ist doch der Falsche!"

Gleich darauf ging die Alarmanlage los. Sie überlegte keine Sekunde, rannte in ihr straßenseitiges Schlafzimmer und sah gerade noch, wie ein Auto startete und davonfuhr.

*

„Wir konnten ja nicht wissen, dass ihre Gäste gerne Räuber und Gendarm spielen", verteidigte sich der jüngere der beiden Polizisten.

Werner verdreht die Augen: „Ich habe ein Geräusch gehört und vom Fenster meines Zimmers aus einen Lichtschein in der Taverne gesehen. Da bin ich einfach losgerannt."

Gerannt ist gut, dachte Susanne, sagte aber: „Und warum hat die blöde Alarmanlage erst angeschlagen, als die Einbrecher durch das Haupthaus geflüchtet sind?"

„Die Frage müssen unsere Techniker klären. Lassen Sie alles, wie es ist, sie werden im Laufe des Vormittages vorbeikommen."

„Wie stellen Sie sich das vor? Um zehn beginnt das nächste Kochseminar."

Sie einigten sich darauf, dass sie zwar die Ordnung in der Taverne wiederherstellen konnten, sobald die Spurensicherung dagewesen war, aber die Alarmanlage nicht angreifen würden.

„Die vordere Eingangstüre ist unbeschädigt", meldete einer der Polizisten. „Der Einbrecher muss also einen Schlüssel gehabt haben."

„Unsinn", fuhr sie ihn an. „Ihr Kollege ist eben davon ausgegangen, dass es sich um Ausländer handelt, weil wir doch hier nahe der Grenze sind und außer Lebensmittel nie etwas weggekommen ist. Glauben Sie, ich verteile meine Haustorschlüssel an Bedürftige?"

„Ich habe ja nicht gesagt, dass er ihn von Ihnen hat. Aber durch die geschlossene Tür wird er wohl nicht gegangen sein."

Dagegen ließ sich wenig sagen.

Als der letzte Polizist gegangen war, war es bereits hell.

„Also, ich kann jetzt sicher nicht mehr schlafen", sagte sie.

„Ich auch nicht. Weißt du was, wir trinken jetzt eine beruhigende Tasse Tee, dann helfe ich dir, die Taverne aufzuräumen", entgegnete Werner und ging federnden Schrittes Richtung Wohnküche.

Sie starrte ihm nach: „Werner?"

Er drehte sich lächelnd zu ihr: „Ja bitte."

„Werner, du gehst! Ich meine, du gehst wie früher, dein rechtes Bein …"

Er sah an sich herab, ging zögernd ein paar Schritte vor und zurück, drehte sich um, kam zu ihr zurück, drehte sich um die eigene Achse, begann zu hüpfen und fiel ihr ohne Vorwarnung um den Hals.

Karottenkuchen

5 Eier
22 dag Staubzucker
25 dag Karotten
13 dag geriebene Haselnüsse
12 dag geriebene Mandeln
1 kl. Stamperl Rum
7 dag Mehl glatt
abgeriebene Schale einer unbehandelten Zitrone
Fett für die Form

Karotten waschen, schälen und fein reißen. Die Dotter mit der Hälfte des Zuckers und dem Rum dick schaumig aufschlagen, Karotten, die geriebenen Nüsse und die Zitronenschale zugeben.

Die Eiklar aufschlagen und erst gegen Ende den Rest des Zuckers dazugeben.

Mehl und Eiklar unter das Dottergemisch ziehen, in eine ausgefettete Form geben und bei ca. 180 Grad ca. 45 Minuten backen, in der Form auskühlen lassen, stürzen.

TIPP: Je nach Geduld und Temperament kann man diesen Kuchen entweder nur mit Staubzucker bestreuen oder aber mit einer Zitronenglasur versehen. Auch kleine Marzipan-Karotten stehen ihm gut.

Die nächsten Stunden erlebte Susanne wie in einem Rausch. Beim Tee hatte Werner ihr erzählt, dass die Ärzte immer schon von einer psychogenen Lähmung ausgegangen waren, das hatte er aber niemand erzählt, weil er sich dabei wie ein Simulant vorgekommen wäre; und weil er schon beim Beichten war, gestand er ihr auch, wie sehr er in all der Zeit nach dem Unfall darauf gehofft hatte, eines Tages wieder mit ihr zusammen sein zu dürfen. Er hätte ihr um keinen Preis der Welt zur Last fallen wollen, deshalb war er ihr seit dem Unfall aus dem Weg gegangen.

Das war nicht gerade eine stürmische Liebeserklärung gewesen, dennoch hätte sie am liebsten auf der Stelle getanzt und ein Glas Champagner getrunken, aber Werner erinnerte sie daran, dass in wenigen Stunden das Haus voller Gäste sein würde. Also verzichteten sie vorerst auf den Champagner und gingen Hand in Hand in die Taverne, um aufzuräumen.

Zum Glück hatten die Diebe diesmal nur wenig Zeit gehabt. Es fehlte zwar ein Großteil der Weine, aber für die Lebensmittel war ihnen nicht mehr genug Zeit geblieben, nur ein Sack Kartoffel und zwei Krautköpfe fehlten. Allerdings war ein Mehlsack zu Boden gefallen und eine offene Flasche Bier umgestoßen worden.

„Biertrinker", stellte Werner ruhig fest.

„Offenbar waren sie diesmal in Eile, beim letzten Mal hatten sie sogar Gläser benutzt."

Sie machten sich an die Arbeit. Dank Frau Gruber, die eilig angeradelt kam, war bis zum Eintreffen des Kursleiters alles blitzblank, sogar der Geruch nach Bier hatte sich verzogen.

Als der Kurs endlich startete, machten sich Susanne und Werner eilig auf den Weg, um Wein einkaufen, denn die Diebe hatten nur wenige Flaschen übriggelassen.

Kaum waren sie zurück, fand das Mittagessen mit den Seminaristen statt, und als sie sich danach endlich ein Stündchen zurückziehen wollten, kamen die angekündigten Techniker wegen der Alarmanlage und stellten bald fest, dass ein Teil der Anlage außer Gefecht gesetzt worden war.

„Da war aber ein Spezialist am Werk", meinte einer der Männer.

„Schon seltsam", sagte der andere. „Eigentlich sind das zwei Anlagen, die sie da haben."

„Richtig, die im hinteren Trakt habe ich vom Vormieter übernommen, die im Vordertrakt habe ich einbauen lassen."

Als die Herren gegangen waren, sagte Werner: „Lass uns einmal Folgendes zusammenfassen: Bisher wurde dreimal eingebrochen, aber außer Lebensmittel wurde nichts gestohlen. Richtig?"

„Richtig."

„Der Dieb verfügt möglicherweise über einen Haustorschlüssel und über Kenntnisse der Alarmanlage. Auch richtig?"

„Auch richtig", nickte sie.

„Und er bricht regelmäßig dann ein, wenn deine Vorratsschränke gut gefüllt sind."

„Jetzt wo du es sagst. Ja, genau! Aber was sagt uns das?"

„Denk doch mal nach. Hat deine Tante uns nicht erzählt, dass dein Vormieter wieder eine Gastwirtschaft betreibt?"

Sie sah ihn ungläubig an. „Du glaubst doch nicht, dass der Staller …? Nein, bestimmt nicht."

„Und was macht dich so sicher?"

„Na entschuldige. Den Staller kenn' ich seit meiner Kindheit."

Werner sagte darauf nichts. Er sah sie einfach nur fragend an.

Er hatte ja recht, dass sie den Staller seit ewig kannte, war kein Argument. Was wusste sie von ihm? Nichts, außer dass er kein besonders begnadeter Gärtner und ein mäßiger Wirt war, und dass er sich wieder selbstständig gemacht hatte. Und dann wusste sie noch, dass sie die Haustorschlösser nicht ausgewechselt hatte. Bei dem Gedanken hätte sie sich am liebsten selbst eine gescheuert.

Dennoch sagte sie: „Aber der Mann, den ich in der Nacht mit dem Auto wegfahren sah, war sicher nicht der Staller."

Werner schien das zu bedenken, wie er immer alles bedachte, was andere sagten, ehe er einwarf: „Vielleicht hatte er einen Komplizen."

„Gut möglich", überlegte sie.

Eine Weile hing jeder seinen Gedanken nach, bis Werner sagte: „Das Einzige, was nicht dazu passt, ist der erste Einbruch. Sagtest du nicht, du hättest jemanden in der Dusche gesehen?"

Sie nickte, versank noch einmal in dumpfes Brüten, doch dann sagte sie: „Trotzdem, den Laden sehen wir uns mal genauer an", und zerrte den überraschten Werner Richtung Haustür.

*

Das Gasthaus, das der Staller nun betrieb, lag direkt an der Bundesstraße und sah ziemlich schäbig aus. Das hübscheste waren noch die bunten Schirme vor dem Haus. Wie früher die Taverne, hielt er auch diese Gaststätte nur Donnerstag bis Sonntag geöffnet.

„Das sieht dem faulen Sack ähnlich", fauchte Susanne und nahm an einem der Tische vor dem Lokal Platz. Sie waren die einzigen Gäste, aber es war erst Nachmittag.

Es dauerte eine Weile, bis der Staller aus dem Haus kam und nach ihren Wünschen fragte.

„Wir hätten gerne eine Flasche Mineralwasser und die Speisekarte."

„Speisekarte ham ma net. Heut' gibt's Krautfleckerl, Erdäpfelgulasch oder Brathendl", antwortete der Staller.

„Schade", antwortete sie zuckersüß. „Und ich hatte solchen Gusto auf Zwiebelrostbraten. Der soll letztens ganz hervorragend gewesen sein."

Die Sache mit dem Zwiebelrostbraten war ihr plötzlich eingefallen, weil beim letzten Einbruch ein gutes Stück Rostbraten und ein Sack Zwiebel gefehlt hatten.

„Die Krautfleckerl sind auch nicht schlecht", meinte Staller.

Sie ging darauf nicht ein. „Dann hätte ich gerne ein Glas Wein. Haben Sie vielleicht einen Gelben Muskateller vom Weingut Strobl?"

„Schau mal amaoi", meinte der Staller und ging.

„Krautfleckerl und Erdäpfelgulasch", flüsterte sie aufgeregt.

Kurz darauf kam der Staller wieder. Er brachte das Mineralwasser und ein Glas Gelben Muskateller.

„Gut sortiert", zischte Susanne.

Werner nickte ruhig, aber als sie wieder im Auto saßen, sagte er: „Ich glaube, wir sollten jetzt zur Polizei fahren."

*

Bis sie alles ausführlich zu Protokoll gegeben hatten und wieder daheim waren, war es Zeit, sich für das Abendessen umzuziehen, an dem Susanne, als Gastgeberin, stets teilnahm.

Es war fast Mitternacht, bis sie endlich allein waren.

„Puh. Ein ereignisreicher Tag", sagte sie und kickte ihre dunkelroten High Heels von den Füßen.

„Das du in so etwas gehen kannst", wunderte sich Werner und lockerte seine Krawatte.

„Kann ich eh nicht, deswegen trage ich sie immer nur zum Abendessen – und auch dann nur, wenn ich besonders schön sein will."

Er kam näher: „Und heute wolltest du besonders schön sein?"

Sie nickte, lächelte. „Hat man das nicht bemerkt?"

„Doch." Er stand vor ihr und lächelte sie an, dann reichte er ihr seine Hand und zog sie hoch. „Ich bin aber leider gar nicht objektiv", flüsterte er in ihr Ohr.

„Seit wann das denn?"

Er zuckte mit den Schultern. „Lass mich nachdenken. Wann hat das begonnen? Als du in Abano plötzlich vor mir standest? Später, in Wien, oder erst hier in Kaiserstein bei unserer gemeinsamen Arbeit? Ich weiß es nicht, aber ist das wichtig?"

Sie schüttelte den Kopf und ging voraus in Richtung ihres Schlafzimmers. Er folgte ihr.

*

Die Polizei hatte eine Hausdurchsuchung in Stallers Wirtshaus durchgeführt und einen Großteil jener Weine sichergestellt, die im Rosenschlösschen gestohlen worden waren. Der Staller hatte daraufhin alles zugegeben. Die Einbrüche hatte er allerdings nicht selbst durchgeführt, das hat sein Kellner für ihn erledigt.

„Ein vielseitiger Mann", meinte Werner.

„Außerdem hatte der Staller zu Protokoll gegeben, dass er sich nur geholt habe, was ihm seiner Meinung nach noch zugestanden wäre."

Susanne glaubte, ihren Ohren nicht zutrauen: „Wie bitte? Was genau ist ihm denn noch zugestanden?"

Sie hörte, wie schrill ihre Stimme klang, und spürte, wie es in ihren Ohren zu rauschen begann. Dieses Gefühl kannte sie, es kam immer kurz bevor sie explodierte. Das passierte ihr nicht allzu oft, nur wenn man sie besonders reizte, dann konnte es schon vorkommen, dass sie laut wurde – ziemlich laut. Bevor sie diesmal zu brüllen begann, legte sich Werners Hand auf die ihre. Ein warmes Gefühl durchflutete sie, das Rauschen in ihren Ohren ließ nach, sie atmete tief durch und sagte kühl: „Bestellen Sie ihm, dass ich ihm nichts schulde, gar nichts. Wenn er anderer Meinung ist, möge er sich, wie unter zivilisierten Menschen üblich, an das zuständige Gericht wenden."

Der Polizist nickte grinsend: „Am Gericht wird er in nächster Zeit ohnehin öfter zu tun haben."

Als der Polizist gegangen war, sagte Werner: „Tja, schön langsam wird es auch für mich wieder Zeit, nach Wien zu fahren."

Sie legte ihren Arm um seinen Hals und sah ihn zärtlich an: „Aber du hattest doch noch gar keine Zeit, um über deine Situation nachzudenken."

Er lächelte: „Aber ich weiß jetzt, was ich zu tun habe."

„Und zwar?"

„Ich werde mich mit meiner Tochter einigen."

Das war zwar nicht ganz die Antwort, die Susanne erwartet hatte, aber offenbar war er ihm Moment nicht bereit, ihr mehr zu verraten. Also ließ sie es dabei und fragte: „Wann kommst du wieder?"

„Was hältst du vom kommenden Wochenende?"

„Viel, sehr viel!"

*

Am darauffolgenden Freitagabend kam Werner mit dem Auto seiner Tochter.

„Dann ist bei euch wieder alles paletti?", fragte Susanne und hängte sich bei ihm ein.

Er zuckte lächelnd die Schulter: „Viktoria ist dieses Wochenende mit einem Freund in Rom. Es war also kein allzu großes Opfer, mir ihr Auto zu überlassen."

„Habt ihr euch schon ausgesprochen?", wollte sie wissen, während sie gemeinsam ins Haus gingen.

„Langsam, meine Liebe, eines nach dem anderen." Er stellte seinen Trolley im Vorraum ab, nahm ein Schächtelchen aus seinem Sakko und hielt es ihr entgegen: „Für dich."

Sie öffnete. Das Schächtelchen enthielt einen Brillant-Ring.

„Aber Werner, ich habe doch nicht …, ich meine, also wirklich, das ist …"

Er legte einen Finger auf ihren Mund.

„Susanne, willst du mich heiraten?"

Hatte sie richtig gehört? Sie hatte so lange auf ein Zeichen von ihm gewartet, sich so danach gesehnt, dass er das Gleiche für sie empfinden möge wie sie für ihn. Dennoch konnte sie nun keinen klaren Gedanken fassen: „Nein, das heißt eigentlich schon. Genau genommen … ich weiß nicht, das kommt irgendwie plötzlich, so völlig unerwartet, und ich wollte doch eigentlich nie", stotterte sie unter Tränen. Wie immer, wenn sie aufgeregt war, quasselte sie ohne Punkt und Komma. Doch dann atmete sie durch und sagte laut und deutlich: „Ich will mit dir zusammen sein – solange ich lebe. So viel weiß ich sicher. Über den Rest lass uns ein andermal reden. Ich habe bereits den Kaffeetisch für uns gedeckt. Für einen Kaffee habe ich noch Zeit, dann muss ich in die Taverne, wir haben heute Abend Spargel-Dinner. Nina wird auch gleich kommen."

Es blieb ihnen gerade noch Zeit, ein Stück von Tante Annas unvergleichlicher Karottentorte zu probieren, dann musste sie in die Küche. Nina hatte schon mit dem Spargelschälen begonnen.

„Aha, Werner ist schon da", stellte sie fest, als Susanne summend die Küche betrat.

„Woher weißt du?"

„Ganz einfach, weil du strahlst wie ein frisch lackiertes Hutschpferd."

*

Den Samstag hatten sie für sich, erst Sonntagmittag sollten sie für ein goldenes Hochzeitspaar kochen.

„Ob die alten Herrschaften an so einem Menü noch Freude haben?", fragte Werner auf dem Weg zu Wochenmarkt. „Die sind doch sicherlich schon hochbetagt."
Sie schüttelte verneinend den Kopf. „Ich kenne die beiden, die sind noch fit wie ein Turnschuh. Sie ist Mitte siebzig und er kaum über achtzig."
„Dann waren die beiden aber früh dran. Dennoch hat es ein Leben lang gehalten. Sehr beachtlich."
Nachdem sie ihre Einkäufe erledigt hatten, gönnten sie sich einen Campari auf der Terrasse der Landhaus-Konditorei.
„Du hast mir immer noch nicht erzählt, wie du dich nun mit deiner Tochter geeinigt hast."
Er nickte bedächtig: „Ich weiß, aber du hast mir immer noch nicht gesagt, wie du dir unser weiteres Leben vorstellst."
„Was hat das mit deiner Tochter zu tun?"
„Nun ja, wenn du mich auch wochentags ertragen würdest, dann könnte ich eventuell überlegen, mir hier in der Nähe ein kleines Büro einzurichten. Ich würde dann Viktoria die Geschäftsführung übertragen und könnte von hier aus ein wenig zuarbeiten. Außerdem plant dein Ex-Chef nicht weit von hier eine Seniorenresidenz. Wir haben gute Chancen, mit der Planung und der Bauaufsicht beauftragt zu werden."
„Werner! Heißt das, du ziehst zu mir?" Sie umarmte ihn stürmisch, stieß dabei eines der Camparigläser um, winkte mit einer Hand der Bedienung, während sie ihn mit der anderen immer noch festhielt.
„Aber nur, wen du das auch wirklich willst", sagte er in seiner bescheidenen Art.
„Wonach sieht's denn aus?", fragte sie mit resoluter Stimme, doch in ihren Augen schimmerten Freudentränen.

Hamburger Pannfisch

4 große Kartoffeln (ca. 500 g)
4 EL Öl
1 Bund Lauchzwiebeln
1 Ei
Salz
Pfeffer
400 g Fischfilet (z.B. Seelachs)
4 EL Mehl
50 g Speckstreifen
300 ml Gemüsebrühe
100 g Schlagsahne
2–3 EL mittelscharfer Senf
Petersilie zum Garnieren

Kartoffel schälen, waschen, in Scheiben schneiden. 2 EL Öl in einer Pfanne erhitzen. Kartoffeln darin zugedeckt ca. 10 Minuten braten. Zwiebeln putzen, waschen und in Stücke schneiden. Ei und 1 EL kaltes Wasser verquirlen und mit Salz und Pfeffer würzen.

Fisch waschen, trocken tupfen, in Würfel schneiden. Zunächst in 3 EL Mehl, dann in Ei wenden. Fisch in 2 EL heißem Öl ca. 5 Minuten braten. Herausnehmen. Speck in heißem Bratfett knusprig braten. Lauchzwiebeln zufügen und kurz mitbraten. 1 EL Mehl darüber stäuben, kurz anschwitzen. Mit Brühe und Sahne ablöschen. Aufkochen und ca. 5 Minuten köcheln. Kartoffeln offen weitere ca. 10 Minuten knusprig braten. Mit Salz und Pfeffer würzen. Senf in die Sauce rühren. Mit Salz und Pfeffer abschmecken.

Fisch in der Soße erhitzen, Bratkartoffel unterheben und anrichten.
Mit Petersilie garnieren.

Susanne schwebte auf Wolke sieben, heiraten wollte sie Werner trotzdem nicht. Noch nicht. Hochzeiten stünden bei ihr seit einiger Zeit nicht besonders hoch im Kurs, hatte sie Werner erklärt. Genau genommen seit der Hochzeit ihrer Tochter, die ohne sie stattgefunden hatte, weil sie davor doch diesen Streit gehabt hatten.

„Kannst du das verstehen?", hatte sie ihn gefragt.

„Nicht ganz", hatte Werner geantwortet und später hinzugefügt: „Aber das ist auch nicht wichtig. Es ist, wie es ist. Ich möchte dich auf gar keinen Fall drängen."

Dabei hatten sie es belassen.

Der Sommer war heiß gewesen, was dem Geschäft nicht sehr zuträglich war, denn bei Hitze wollten die Menschen weder kochen noch hatten sie Appetit auf große Menüs. Doch nun war der Sommer vorbei, und Susanne freute sich auf die nächste Saison – nur vor dem Kochkurs mit Lars war ihr etwas bang, aber Vertrag war Vertrag.

Das Projekt Seniorenresidenz schritt auch voran, Werners Büro hatte den Planungsauftrag bekommen, später würden sie auch die Bauaufsicht übernehmen. Für Arbeit war also gesorgt, so sollte es auch sein, fand Susanne und besah sich den Entwurf für den Werbeflyer „Weihnachten im Rosenschlösschen", den Werner für sie gemacht hatte.

„Gefällt er dir?", hörte sie ihn sagen.

Sie war so vertieft gewesen, dass sie ihn gar nicht hatte kommen hören.

„Doch", antwortete sie gedehnt. Dann stand sie lachend auf, schlang ihre Arme um seinen Nacken und küsste ihn auf die Nasenspitze. „Er ist einfach großartig!"

Werner lächelte und nahm an seinem Schreibtisch Platz, der vorerst in ihrem Büro Platz gefunden hatte, weil der Umbau der ehemaligen Stallungen noch im Gang war.

„Apropos Weihnachten", sagte Werner beiläufig. „Was hältst du davon, wenn wir uns unter dem Weihnachtsbaum verloben?"

„In unserem Alter? Also ich weiß nicht."

„Heiraten willst du mich ja nicht", kam es gekränkt vom gegenüberliegenden Schreibtisch.

„Ach Werner! Du weißt doch, dass das nichts mit dir zu tun hat. Wir haben es doch auch so recht schön. Oder etwa nicht?"

„Doch, schon. Aber vielleicht solltest du deine Hochzeitsphobie zum Anlass nehmen, um das Einvernehmen mit deiner Tochter wiederherzustellen. Immerhin hat sie in der Zwischenzeit deine Facebook-Freundschaft angenommen."

„Das heißt noch gar nichts", murrte Susanne.

„Willst du mir nicht endlich erzählen, was zwischen euch vorgefallen ist?", fragte er mit sanfter Stimme.

„Ein andermal, jetzt muss ich einkaufen gehen."

*

Susanne ahnte schon, dass Werner sie so nicht davonkommen lassen würde. Allerdings ließ er einige Tage vergehen, ehe er das Thema wieder zur Sprache brachte. Abends bei einem Glas Wein sagte er: „Ich bin so rundum glücklich und zufrieden, ich könnte schnurren wie ein zufriedener, satter Kater. Ich wünschte, es ginge dir ebenso."

Sie sah ihn erstaunt an, lächelte und antwortete mit einer kleinen Süffisanz in der Stimme: „Es geht mir doch auch gut. Habe ich das heute noch nicht gesagt?"

„Weißt du, ich glaube einfach, dass dir das letzte Quäntchen Glück noch fehlt."

„Ach, dahin geht die Reise. Du meinst, wenn ich mich bei meiner Tochter für etwas entschuldige, woran ich gar keine Schuld trage, ginge es mir besser?"

Werner sah verträumt in sein Rotweinglas. „Ach, weißt du, Schuld oder Unschuld, wer mag das schon entscheiden. Manchmal hilft es ja, klarer zu sehen, wenn man die Dinge beim Namen nennt."

Eine Weile blieb es still, dann sagte Susanne: „Also gut. Was willst du wissen?"

„Erzähl mir einfach, was du mir erzählen möchtest. Bis jetzt weiß ich nur, dass du einen jungen Mann geheiratet hast, in den du anfänglich sehr verliebt warst, und dass diese Liebe nicht groß genug war, um den

Alltag zu überstehen. Dann habt ihr euch scheiden lassen. Deine Tochter ist erst bei dir geblieben und später zu ihrem Vater übersiedelt. Seither ist euer Verhältnis etwas schwierig."

Susanne nahm einen Schluck Wein, ehe sie sagte: „Unser Verhältnis war immer schwierig, weil Claudia ganz nach Pierre kommt. Sie war auch immer ein Papa-Kind."

„Dennoch ist sie bei dir geblieben."

„Nicht ganz freiwillig. Aber da Pierre nach unserer Trennung wieder nach Paris gegangen ist, wäre die Umstellung für sie einfach zu groß gewesen. Die neue Familie, die fremde Sprache, das hat sie letztendlich auch eingesehen."

„Und du wolltest unter keinen Umständen nach Paris? Soweit ich es verstanden habe, war die Familie deines Mannes nicht ganz unvermögend."

„Nicht ganz unvermögend ist leicht untertrieben", lachte sie. „Aber nein, ich wäre für kein Geld der Welt mit ihm gegangen. Schließlich haben sie meinetwegen mit ihm gebrochen."

„Was hast du denn verbrochen?"

„Ich habe – angeblich – den Sohn des Hauses verführt. Das stand mir nicht zu, ich war ja nur ein kleines Au-pair-Mädchen. Im Übrigen war es genau umgekehrt. Aber egal, wir haben es beide gewollt, und wir waren alt genug, um zu begreifen, was wir tun. Jedenfalls hat meine Tochter mir im Grund nie verziehen, dass ich nicht gemeinsam mit Pierre in den Schoß der Familie zurückgekehrt bin. Bis heute nicht."

Während sie es aussprach, dachte Susanne: Schon komisch, das habe ich bis heute so noch nie gesagt.

„Na schön, das ist vielleicht die Ursache, aber doch sicher nicht der Anlass dafür, dass ihr seit Jahren nicht miteinander redet? Woran hat euer Streit sich denn entzündet."

„Claudia kannte da seit Jahren einen jungen Mann. Einmal hat sie ihn nach Wien mitgebracht, ein andermal habe ich ihn in Paris gesehen. Sie hat ihn mir als ihren Liebhaber vorgestellt. Als ich sie gefragt habe, warum sie ihn nicht als ihren Freund vorstellt, hat sie geantwortet: Mein Freund ist er noch lange nicht. Ich fand das zwar eine etwas eigenwillige

Sicht, aber ich habe – erstaunlicherweise – den Mund gehalten. Eines Tages hat sie mir dann eröffnet, dass sie Jean-Marc heiraten wird. Ich habe mich dazu kaum geäußert, aber ich war auch nicht sehr erbaut, das hat sie mir wohl angesehen. Was ich von ihm hielte, hat sie mich gefragt. Also habe ich es ihr gesagt."

„Deine Kritik muss ja vernichtend gewesen sein, wenn ihr deswegen seit Jahren keinen Kontakt mehr habt."

„Sie wollte eine ehrliche Antwort, die hat sie bekommen. Jedenfalls hat sie daraufhin gemeint, wenn ich so von ihm denke, dann ist es vermutlich besser, wenn ich erst gar nicht zu ihrer Hochzeit käme. Da konnte ich ihr doch nur zustimmen."

Werner sah sie einen Augenblick erstaunt an, dann lächelte er sein typisches Werner-Lächeln und sagte kopfschüttelnd: „Und du willst mir einreden, ihr seid euch nicht ähnlich."

*

Der nächste Kochkurs mit Lars fand im Oktober statt. Zum Glück schien das Thema „Haubenküche auf Hausfrauenart" die Hobbyköche nicht allzu sehr zu interessieren. Das Buch verkaufte sich zwar nicht schlecht, aber die Kurse waren nur wenig nachgefragt, so dass es im heurigen Jahr nur noch einen geben würde. Susanne war es recht – sehr recht sogar.

Lars kam diesmal mit der Frühmaschine. Nina holte ihn am Samstagmorgen vom Flughafen ab.

„Es tut mir wahnsinnig leid, aber ich konnte nicht früher. Ich wäre auch gerne länger geblieben", sagte er gleich zur Begrüßung, „aber leider, leider, ich muss am Montagmorgen zu Fernsehaufnahmen in Berlin sein. Deshalb muss ich euch schon morgen, gleich nach dem Seminar, wieder verlassen."

„Wie schade", antwortete Susanne ohne Überzeugung.

Er ging nicht darauf ein. „Wie viele Kursteilnehmer haben wir diesmal?"

„Neun", antwortete Nina. „Sechs Damen, drei Herren."

„Ach, das ist ja erfreulich", antwortete Lars, wobei unklar blieb, ob ihm die Anzahl der Kursteilnehmer an sich Freude bereitete oder der größere Anteil der weiblichen Kundschaft.

Susanne bot ihm Kaffee an, doch Lars bestand darauf, noch vor Eintreffen der Teilnehmer die Zutaten zu kontrollieren. Also schnappte sie sich ihre Kaffeetasse und folgte ihm seufzend in die Küche. Zumindest nahm er diesmal keinen Anstoß an der Qualität ihrer Einkäufe, nur das Trüffelöl fand keine Gnade vor seinen Augen.

„Zum Glück habe ich daran gedacht, mein eigenes mitzubringen. Wie sollte ich ein vernünftiges Selleriesüppchen machen ohne ein Trüffelöl, das seinen Namen verdient."

„Undenkbar", ließ Nina sich vernehmen. Es klang nach Häme.

Susanne kicherte. Am liebsten hätte sie gesagt: Ach Lars, nimm dich doch nicht so ernst, andere tun es doch auch nicht, aber sie hatte den Gedanken mit einem Schluck Kaffee hinuntergespült, und dann kamen zum Glück die ersten Gäste.

Drei der Teilnehmer kannten sie aus früheren Kursen, fünf waren neu, außerdem kam diesmal Helga Wagner.

Ihre ehemalige Assistentin hatte den Job beim Scooter fahrenden Jungspund angenommen. Sie fühlte sich dort zwar nicht allzu wohl, wie sie Susanne bei einem kurzen Treffen in Wien erzählt hatte, aber sie war froh, einen Job zu haben, sogar Vollzeit. In der Zwischenzeit war auch die Scheidung über die Bühne gegangen.

„Dann ist ja alles paletti", hatte Susanne gesagt. Doch Helga Wagner hatte nur höflich gelächelt und gemeint: „Geht schon."

Darauf hatte Susanne sie zum Kochkurs eingeladen.

„Ein wenig Abwechslung wird ihr guttun", hatte sie zu Werner gemeint.

Helga Wagner kam als Letzte und wirkte ziemlich mitgenommen.

„Tut mir wirklich leid, aber mein Ex hat Benny wieder einmal zu spät abgeholt", hatte sie Susanne noch zugeflüstert, dann hat der Kurs begonnen.

Dem Titel des Kurses entsprechend kochte Lars am Vormittag mit seinen Schülern Hamburger Pannfisch und Rote Grütze mit Vanillesauce.

Susanne hatte ihren Auftritt erst am Nachmittag. Da würde Lars eine – aus ihrer Sicht übertrieben umständliche – Variante einer Paella zubereiten, während sie eine vereinfachte Version vorstellen würde. Davor gab es einen Salat, danach eine Creme catalan.

Sie hatte nach der Begrüßung eine Weile zugehört und war dann ins Büro gegangen, wo sie Werner vor seinem PC sitzend vorfand.

„Wie stehen die Aktien?", fragte er.

„Lars bleibt Lars", antwortete sie lächelnd. „Er mag ein Windhund sein, aber er ist ein charmanter Windhund."

*

Zum Pannfisch war Susanne zu spät gekommen, sie hatte ohnehin nicht vorgehabt, zweimal am Tag ausgiebig zu essen, aber sie ließ sich etwas von der Roten Grütze geben und wollte sich damit zu Helga Wagner setzen, doch als sie sah, dass die sich mit Lars ziemlich gut zu unterhalten schien, setzte sie sich zu den übrigen Teilnehmern und ließ sich erzählen, wie hervorragend Herr König den Fisch zubereitet hatte.

Während des nachmittäglichen Kochens blieb natürlich auch keine Zeit für ein einigermaßen sinnhaftes Gespräch, also hatte Susanne beschlossen, sich nach dem Abendessen mit Helga Wagner zusammenzusetzen. Doch auch diesmal fand sie Lars an ihrer Seite. Helga sah schon viel besser aus als am Morgen und die beiden schienen sich wirklich ausnehmend gut zu unterhalten.

Als sie im Laufe des Abends beobachtete, wie sie auch noch Bruderschaft tranken – Lars lehnte es ab, von vornherein mit allen per Du zu sein –, und wenig später sah, wie die beiden sich auf den Weg in den Gasthof machten, bat sie Lars unter einem Vorwand, noch kurz zu ihr ins Büro zu kommen.

Kaum hatte sie die Tür hinter ihm geschlossen, zischte sie: „Diese Frau hat eine ziemlich schwere Zeit hinter sich, ich bitte dich daher inständig: keine Spielchen!"

Er sah sie erstaunt an: „Wieso verstehe ich dich jetzt nicht?"

„Ich bin sicher, du verstehst mich ganz ausgezeichnet."

„Ist deine ehemalige Assistentin dir Rechenschaft schuldig?"

„Nein, ist sie nicht, aber ich möchte nicht, dass sie von einem Kummer in den nächsten fällt. Klar?"

„Glasklar", erwiderte er mit einem spöttischen Lächeln und öffnete die Tür. Dann bot er Helga seinen Arm, winkte und verließ das Rosenschlösschen.

Susanne hatte gar kein gutes Gefühl dabei, aber was sollte sie machen? Helga war deutlich jünger, aber ein erwachsener Mensch. Sie würde schon wissen, was sie tat. Hoffentlich.

Doch als Helga ihr einige Tage nach dem Seminar eine Mail schrieb, in der sie sich überschwänglich für das ausnehmend schöne Wochenende bedankte, griff Susanne zum Telefon, um Lars anzurufen.

„Was verschafft mir die Ehre deines Anrufes?", fragte er knapp.

„Versteh mich bitte nicht falsch, ich weiß, es geht mich nichts an, aber gestatte mir dennoch eine Frage: Wirst du Helga Wagner wiedersehen?"

„Du hast recht, es geht dich nichts an, aber ich sage es dir trotzdem: Ja, wir werden uns wiedersehen. Ich habe sie eingeladen, über Silvester nach Hamburg zu kommen. Sonst noch Fragen?"

„Du weißt, dass sie einen Sohn hat?"

„Selbstverständlich. Er fährt mit seinem Vater auf Schiurlaub."

„Und du brichst ihr in der Zwischenzeit das Herz. Toller Plan."

„Du scheinst ja eine ganz hervorragende Meinung von mir zu haben. Hast du deswegen den Architekten vorgezogen?"

„Natürlich nicht", seufzte Susanne.

„Das Herz", fuhr Lars fort, „hat ihr ein anderer gebrochen. Ich werde es wieder zusammensetzen."

Sein Wort in Gottes Ohr, dachte Susanne, nachdem sie aufgelegt hatte. Selbstzweifel fochten ihn jedenfalls nicht an. Aber wer weiß, vielleicht war es gerade das, was Helga jetzt brauchte.

Die Weihnachtsgans

1 Gans
Salz
Majoran
kleine, ungeschälte, ausgestochene Äpfel
1 TL Mehl
Klare Suppe oder Wasser zum Aufgießen

Die ausgenommene Gans waschen, abtrocknen, außen nur mäßig salzen, innen mit Majoran einreiben, mit kleinen Äpfeln füllen und (ohne Butter oder Fett) in eine geeignete Pfanne (Bräter) geben und etwa zweifingerhoch (über dem Pfannenboden) Wasser einfüllen. Bei mäßiger Hitze unter häufigem Begießen mit eigenem Saft 2½–3 Stunden – pro Kilogramm rechnet man ca. 40 Minuten – im Rohr braten, zuerst mit der Brust nach unten, nach der halben Bratzeit auf den Rücken liegend. Nach den ersten 15 Minuten Bratzeit die Haut mit der Gabel einstechen. In der letzten halben Stunde bei mäßiger Hitze häufig mit Eigensaft begießen, damit die Haut schön knusprig wird.

Den Bratrückstand lösen, evtl. mit etwas Wasser aufkochen und zur Gans servieren.

Beilage: Krautsalat (warm oder kalt), Knödel, glasierte Kastanien, gedünstetes Kraut, Weinkraut oder Rotkraut.

„Wahnsinn, wie schnell die Zeit vergeht", sagte Susanne und schüttelte den Schirm aus. „Mir kommt es vor, wir sind erst gestern bei sengender Hitze im Garten gelegen, und jetzt ist schon bald wieder Weihnachten.

„Tja, das ist der Preis fürs Glücklichsein. Die glücklichen Stunden vergehen eben immer viel schneller", entgegnete Werner und nahm ihr den Mantel ab.

„Jetzt haben wir uns aber einen Kaffee verdient", meinte Susanne und ging in die Wohnküche voraus. „Oder möchtest du lieber Tee?"

„Ja, bitte", hörte sie ihn antworten.
„Bitte was?", rief sie.
Keine Antwort. Das kannte sie nun schon. Multitasking war nicht seine Welt. Also ging sie zurück ins Vorzimmer, wo Werner mit der Post stand.
„Was ist denn so Interessantes dabei, dass du mir nicht zuhörst?"
„Ah ... äh ... entschuldige meine Liebe. Was hast du gesagt?"
„Erst wollte ich wissen, ob du Tee oder Kaffee magst, und dann wollte ich wissen, was so interessant sein kann, dass du mir nicht zuhörst.
„Entschuldige meine Liebe", antwortete er automatisch – und ging ins Büro.
„Das hatten wir schon", murrte Susanne und ging zurück in die Küche, um Kaffee zu machen.

Als er wenige Minuten später wiederkam, nahm er dankend den Kaffee entgegen, schien Susanne sonst aber eher abwesend. Hätte sie ihm heißes Wasser in die Tasse getan, er hätte es vermutlich ebenso getrunken. Sie liebte ihn, wirklich, aber manchmal konnte er sie rasend machen.

„Wir müssen uns langsam überlegen, wie wir Weihnachten feiern", versuchte sie ihn in die Realität zurückzuholen.

„Also Tante Anna müssen wir jedenfalls einladen und dann natürlich Nina und Felix."

„Und den Herrn Doktor", ergänzte Werner. „Wenn ich es richtig verstanden habe, hat er Bereitschaftsdienst, kann also nicht zu seiner Familie fahren. Da wird Nina ihn doch nicht allein lassen wollen."

„Meinst du, das wird was Ernstes mit den beiden?"
„Ich glaube, das ist es schon."
Erstaunlich, dachte sie. Manchmal ist er total abwesend, dann wieder hört er das Gras wachsen.

„Von mir aus, der Doktor ist ein netter Mensch, und wenn Nina an seiner Seite endlich erwachsen wird, soll es mir recht sein. Apropos Familie. Hast du schon mit deiner Tochter gesprochen?"

„Hab' ich."
„Ja und?"

„Sie wissen es noch nicht ganz genau, aber wenn es dir recht ist, kommen sie vielleicht schon am Heiligen Abend."

„Mir ist alles recht, ich möchte es nur rechtzeitig wissen, schließlich muss ich meine Einkäufe planen."

„So früh schon?"

Susanne wollte ihm schon vorrechnen, was sie in den Tagen bis Weihnachten noch alles zu tun hatte, doch dann ließ sie es bleiben. Werner war ja wirklich ein Schatz, aber praktische Überlegungen fochten ihn nur selten an. So etwas von einem Traumtänzer!

*

Am Heiligen Abend war Susanne immer ein wenig melancholisch, das kannte sie schon. Andere litten an Silvesterblues, sie litt eben an Weihnachtsblues.

Wie viele schöne Weihnachtsfeste hatte sie nicht schon gefeiert, wie viele würden ihnen noch vergönnt sein?

Die letzten zwei Jahre waren ziemlich turbulent gewesen, viel hatte sich für sie verändert. Jetzt wünschte sie, dass alles so bleiben möge, wie es war. Zumindest fast alles.

Claudia hatte sich immer noch nicht gemeldet. Ja gut, sie selbst hatte sich bisher auch nicht überwinden können, den ersten Schritt zu tun. Sie hatte das früher auch nie in Erwägung gezogen, aber die Gespräche mit Werner hatten Spuren hinterlassen. Vielleicht hatte er ja recht, das Leben war einfach zu kurz, um es mit Streit zu verbringen.

Sie würde jetzt noch den Karpfen panieren – Tante Anna hatte auf gebackenem Karpfen bestanden – und dann per Facebook eine Nachricht an Claudia schreiben. Den Tisch konnte sie auch später noch decken.

Ob Claudia antworten würde? Natürlich durfte sie nicht zu viel erwarten. Wenn überhaupt, würde Claudia ihre Nachricht vermutlich ohnehin erst nach den Feiertagen lesen. Nina meinte, sie sei in Facebook nicht besonders aktiv, hätte dort kaum Freunde. Aber ab und zu würde sie den Account wohl besuchen – hoffentlich.

Während sie die Fischfilets nacheinander in Mehl, Ei und Brösel tauchte, überlegte sie, was sie schreiben sollte. Sie könnte es für den Anfang doch ganz schlicht halten:

Frohe Weihnachten – Mama

Aber vielleicht das klang allzu kühl. Besser wäre:

Liebe Claudia, ich wünsche Euch allen ein frohes Weihnachtsfest. Herzliche Grüße aus dem Rosenschlösschen – Mama

Das war gut, das würde sie schreiben.

*

Zwei Stunden später war die Nachricht an Claudia geschrieben, der Tisch weihnachtlich gedeckt, die Fischbeuschelsuppe simmerte leise vor sich hin und Susanne ging in ihren hochhackigen Schuhen nervös auf und ab. Wo Werner nur so lange blieb? Er hatte versprochen, um sechs hier zu sein, noch vor Viktoria, die mit ihrem Freund gegen halb sieben erwartet wurde. Sie verstand ohnehin nicht, warum er Tante Anna, Nina und Felix abholen musste. Ninas kleiner Wagen litt zwar schon an Altersschwäche, aber die paar Kilometer würde er wohl noch schaffen.

Seufzend ging sie in die Küche, um noch einmal nach dem Rechten zu sehen, aber alles war vorbereitet, es gab einfach nichts mehr zu tun, außer vielleicht …

Endlich hörte sie Schritte und Gemurmel. Sie nahm die Schürze ab und ging lächelnd ins Vorzimmer, um Tante Anna zu begrüßen. Aber vor ihr stand nicht Tante Anna, vor ihr stand Claudia, dahinter ein junger Mann – vermutlich Jean-Marc – und dahinter stand, lächelnd wie immer, Werner.

Susanne öffnete den Mund, um etwas zu sagen, schloss ihn aber wieder – sie wusste einfach nicht, was sie sagen sollte.

„Hallo Mama. Es sieht fast so aus, als ob uns die Überraschung gelungen wäre."
Susanne nickte.
„Bonjour Madame", sagte der junge Mann. Vermutlich ihr Schwiegersohn.
„Bonjour", erwiderte sie wenig eloquent.
Erst als Werner an ihre Seite trat und fragte, ob es ihr denn jetzt die Sprache verschlagen hätte, wurde sie wieder sie selbst.
Sie sah ihn spitzbübisch an und sagte lachend: „Nö, ich überlege nur gerade, wo wir die alle hinsetzen", dann drückte sie ihrer Tochter erst die Hand, bevor sie sie dann in den Arm nahm. Dann nahm sie ihrem Schwiegersohn die mitgebrachten Blumen ab und wollte sich schon geschäftig auf den Weg ins Esszimmer machen, doch Werner hielt sie zurück. „Wo willst du denn hin?"
„Ich will noch zwei Gedecke auflegen. Du hättest aber auch eine Andeutung machen können, dass wir ..."
„Passt schon", unterbrach Werner. „Du hast für acht Personen gedeckt. Wir bleiben auch acht. Viktoria und ihr Freund kommen erst morgen."
„Wieso das denn?"
Werner lächelte sein zart schmelzendes Werner-Lächeln: „Das war immer so geplant, aber du wolltest ja unbedingt die genaue Personenanzahl kennen, also musste ich ein wenig schummeln."
„Das heißt, morgen sind wir dann zehn?"
Werner nickte: „Nina sagt, dass geht sich mit den zwei Gänsen ganz wunderbar aus."
Susanne nickte: „Sagt Nina? Wer weiß eigentlich noch von deinen Heimlichkeiten?"
„Nur Felix und ich", ließ Tante Anna sich von der Tür her vernehmen.
„Ich hingegen hatte keine Ahnung", lächelte ihr der Gemeindearzt entgegen.
„Heimlichkeiten ist aber das falsche Wort!" schaltete sich dann auch noch Claudia ein. Susanne war ein klein wenig schwindelig. Sie ließ

sich auf den nächsten Sessel fallen und sagte mit gespielter Strenge: „Darüber reden wir noch, ihr Rasselbande. Jetzt möchte ich ein Glas Champagner!"

ENDE

Ein herzliches Danke-schön ...

an alle Leser.

Wenn es gefallen hat, würde ich mich über eine kurze Rezension bei Amazon sehr freuen. Sind Fragen oder Wünsche offen geblieben, so können Sie mir diese gerne über das Kontaktformular meiner Website mitteilen: www.teufl-heimhilcher.at

Ein weiteres Danke-schön

gebührt meinen Testlesern und allen, die am Zustandekommen des Buches beteiligt waren.

Der Reihe nach:
Der erste, den ich mit meinen Ideen in den Ohren liege ist mein lieber Mann Manfred, ihm obliegt es später auch Logikfehler etc. aufzuspüren.

Das vorläufig fertige Manuskript geht dann an meine Testleser.

Im vorliegenden Fall ein herzliches Danke an Angela, Steffi und ganz besonders an Eva – die mich auch für allfällige Lesungen fit macht.

Sobald deren Anregungen eingearbeitet sind, geht der Text an das Korrektorat, diesfall zu Maja Kunze nach Berlin, dann weiter an die Alster, zu Melanie Jungierek, die den Text in Form bringt, in die E-Book-Formate konvertiert und mich auch sonst stets unterstützt, wenn meine Computer-Kenntnisse wieder einmal nicht ausreichen.

Ich hoffe, Sie alle bleiben mir gewogen, denn der nächste Roman ist schon im Werden.

Auf bald!

Die andere Schwester des Papstes

Anlässlich der Amtseinführung von Papst Leo XV. berichtet die Presse ausführlich über seine Schwester Maria, einer Klosterschwester. Doch dann entdeckt ein findiger Journalist, dass der Pontifex noch eine Schwester hat: Katharina. Aber die passt nicht ins päpstliche Bild, denn sie hat eine uneheliche Tochter, ist geschieden, glücklich wiederverheiratet und unterstützt auch noch die Reforminitiative!

Dennoch bewegt dieser Zeitungsartikel den Pontifex dazu, sich anlässlich eines offiziellen Heimatbesuches mit Katharina zu treffen. Damit nicht genug. Eine ziemlich unpassende Krankheit zwingt ihn, ihre Dienste als Ärztin in Anspruch zu nehmen. So kehrt der Papst inkognito in das Haus seiner Schwester zurück und höchst unterschiedliche Standpunkte prallen aufeinander. Doch auch noch andere Überraschungen warten auf seine Heiligkeit. Er muss sich nicht nur mit der Tatsache auseinandersetzen, dass Florian, der ebenso gebildete, wie liebenswürdige Stiefsohn von Katharina, homosexuell ist, auch seine Freunde aus Jugendtagen haben erstaunliche Ansichten. Warum kämpft sein ehemaliger Freund Clemens bei den Kirchenreformern und warum steht auch seine ehemalige Jugendfreundin Erika auf Seite der Reformer?

Längst vergessene Gedanken und Gefühle kommen in ihm hoch. Ist Rom wirklich so weit weg von der Wirklichkeit - und was ist die Wirklichkeit?